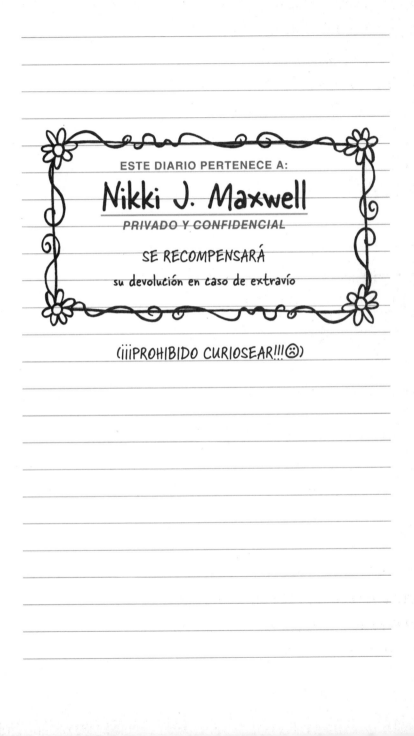

ESTE DIARIO PERTENECE A:

Nikki J. Maxwell

PRIVADO Y CONFIDENCIAL

SE RECOMPENSARÁ

su devolución en caso de extravío

(¡¡¡PROHIBIDO CURIOSEAR!!!☹)

Rachel Renée Russell

diario de NIKKI 13

UN CUMPLEAÑOS NO MUY FELIZ

RBA

Título original: *Tales from a NOT-SO-Happy Birthday*.

Publicado por acuerdo con Aladdin, un sello de Simon & Schuster Children's Publishing Division, 1230 Avenue of the Americas, Nueva York NY (USA).

© del texto y las ilustraciones: Rachel Renée Russell, 2018.

DORK DIARIES es una marca registrada de Rachel Renée Russell.

© de la traducción: Isabel Llasat Botija, 2018.

Diseño del interior: Lisa Vega.

Maquetación y diagramación: Pleca Digital.

© de esta edición: RBA Libros, S. A., 2018.

Avenida Diagonal, 189 – 08018 Barcelona

www.rbalibros.com

Primera edición: noviembre 2018.

Ref: MONL423

ISBN: 978-84-272-1309-8

Depósito legal: B. 10.168-2018

Impreso en España – Printed in Spain

¡FELIZ CUMPLEAÑOS
A TODOS MIS FANS
DE LOS DIARIOS DE NIKKI!

¡Espero que vuestro cumpleaños
sea tan estupendo como vosotros! ¡☺!

¡MADRE MÍA! ¡MI FIESTA DE CUMPLEAÑOS ESTÁ SIENDO INCREÍBLE!

¡YAJUUUUUU! ¡☺!

Imagínate un FABULOSO y DIVERTIDO fiestón en el Club Westchester Country con una banda de música, DJ, toda la pizza que quieras, barra libre de helados, doscientos de mis amigos más cercanos, mis fieles BFF, mi pedorreico AMOR SECRETO y un pastel de cumpleaños monumental.

Todo es TAN increíblemente PERFECTO que tengo que pellizcarme para comprobar que no estoy soñando. ¡¡AY!! ¡Qué daño! (¡Me acabo de pellizcar!)

¡Lo BUENO es que ni siquiera mi AMIENEMIGA mortal, MacKenzie Hollister, se puede CARGAR el día más FANTÁSTICO de mi vida! ¡☺!

¡Lo MALO es que estaba muy EQUIVOCADA respecto a lo BUENO! ¡☺!

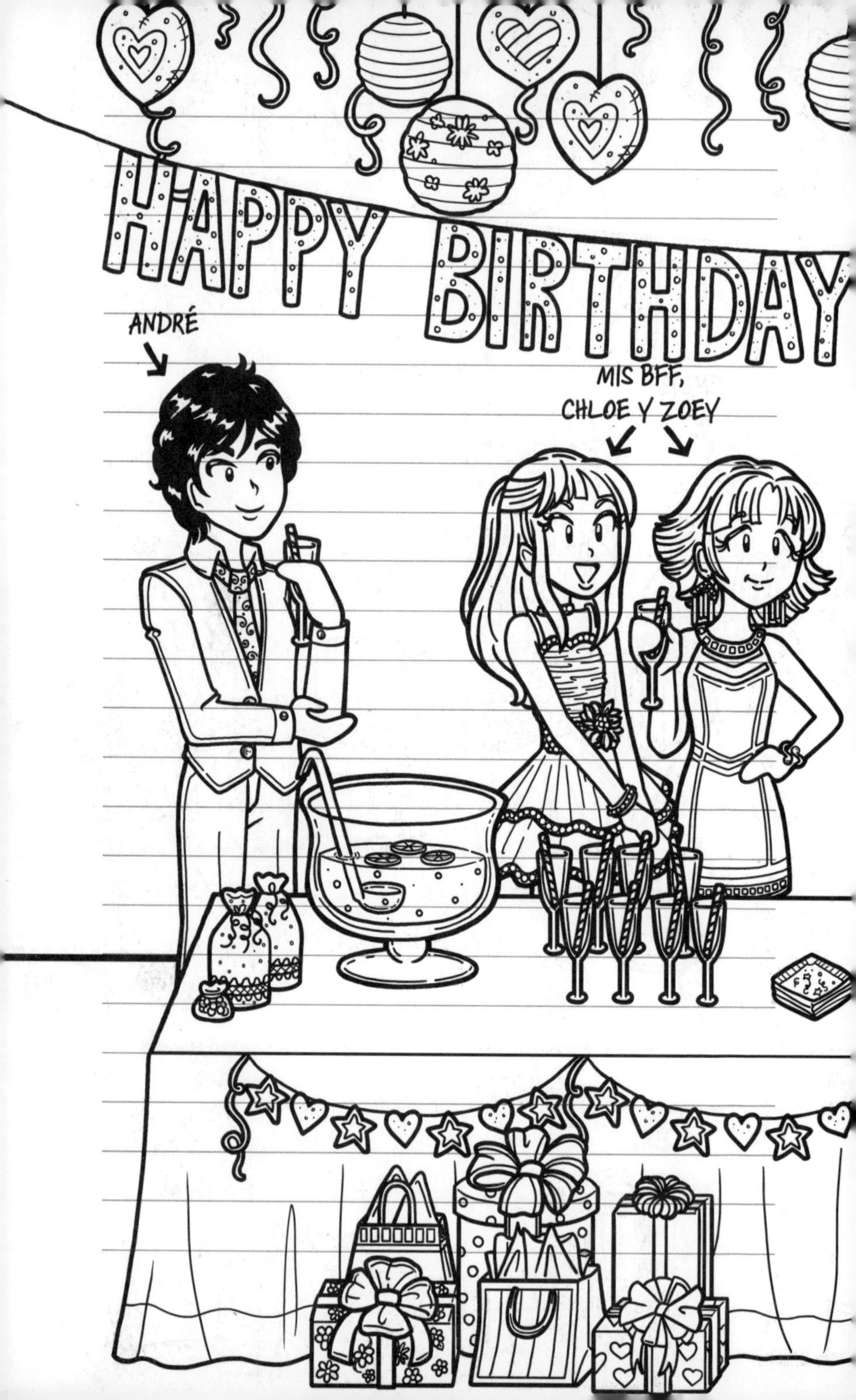

HAPPY BIRTHDAY
ANDRÉ
MIS BFF,
CHLOE Y ZOEY

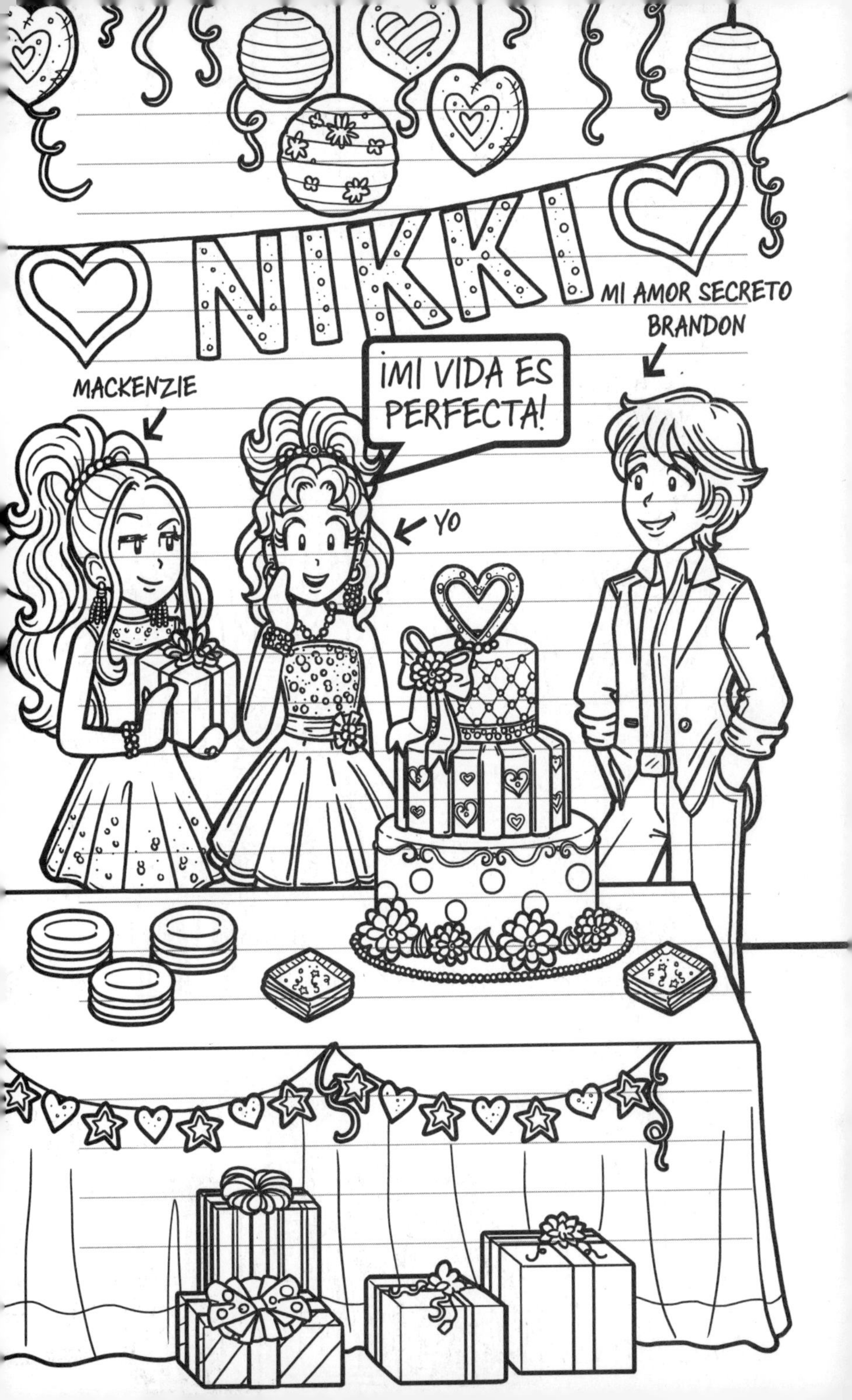
NIKKI
MI AMOR SECRETO
BRANDON
MACKENZIE
¡MI VIDA ES
PERFECTA!
YO

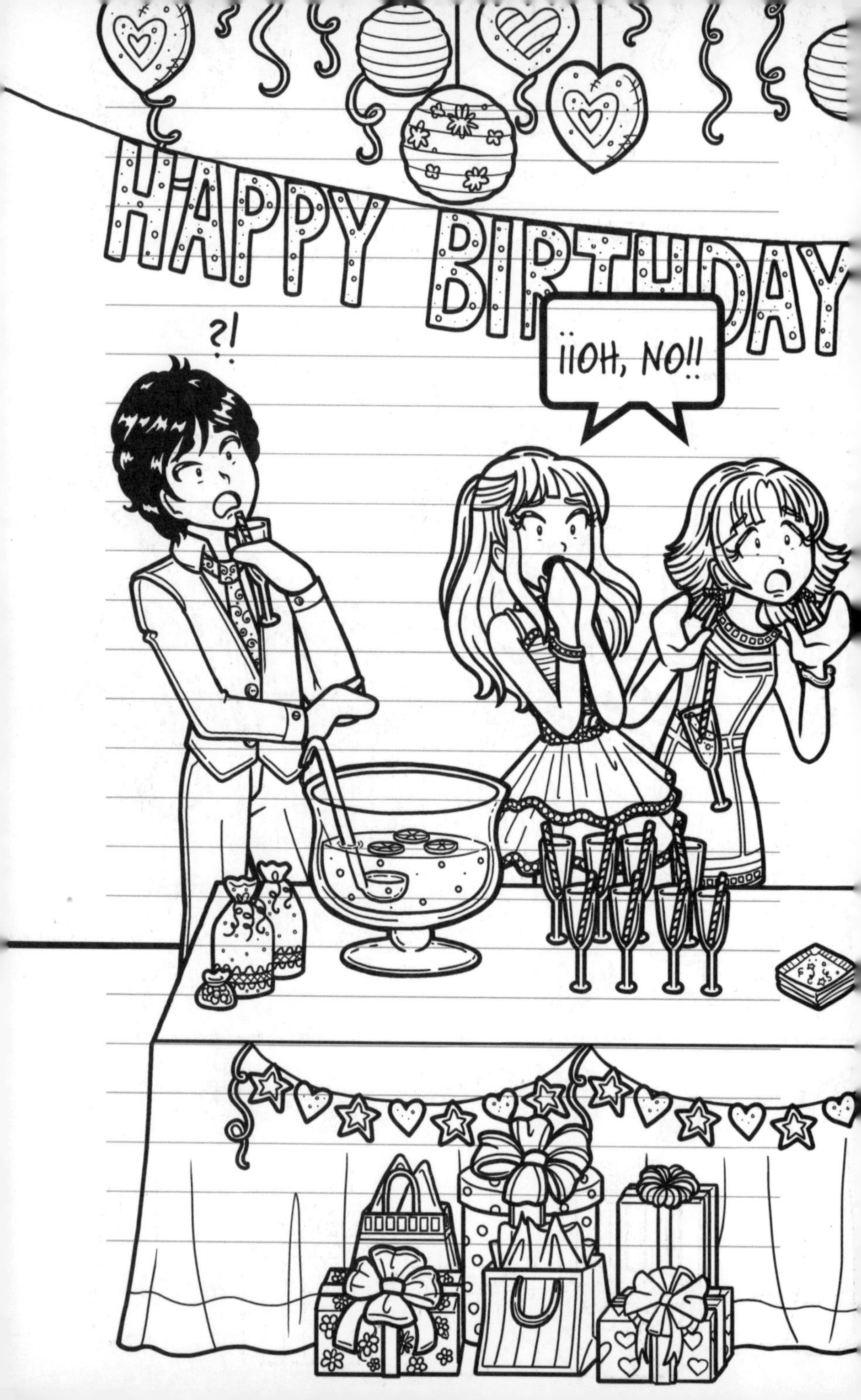
HAPPY BIRTHDAY
?!
¡¡OH, NO!!

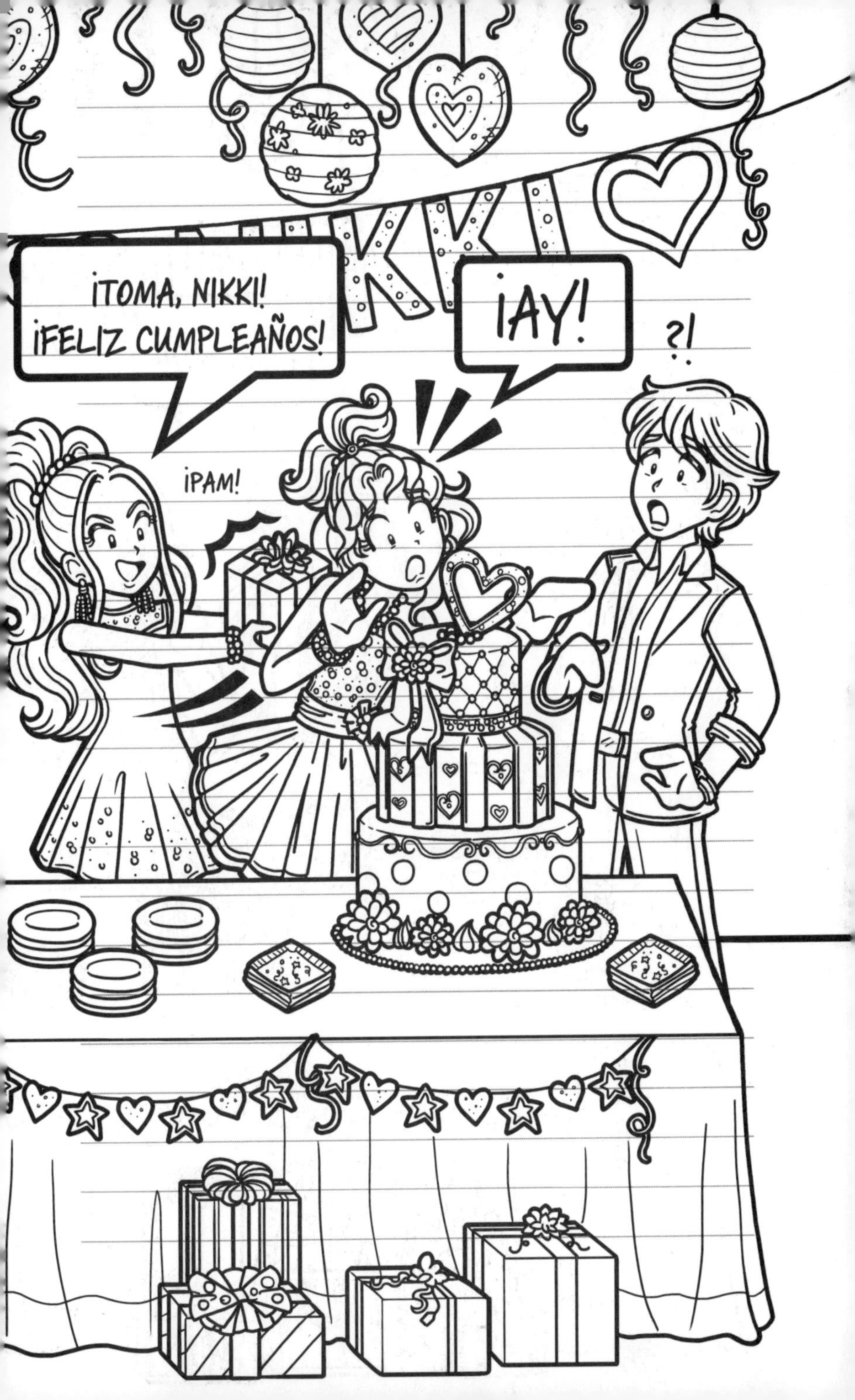
¡TOMA, NIKKI! ¡FELIZ CUMPLEAÑOS!
¡PAM!
¡AY!
¿?!

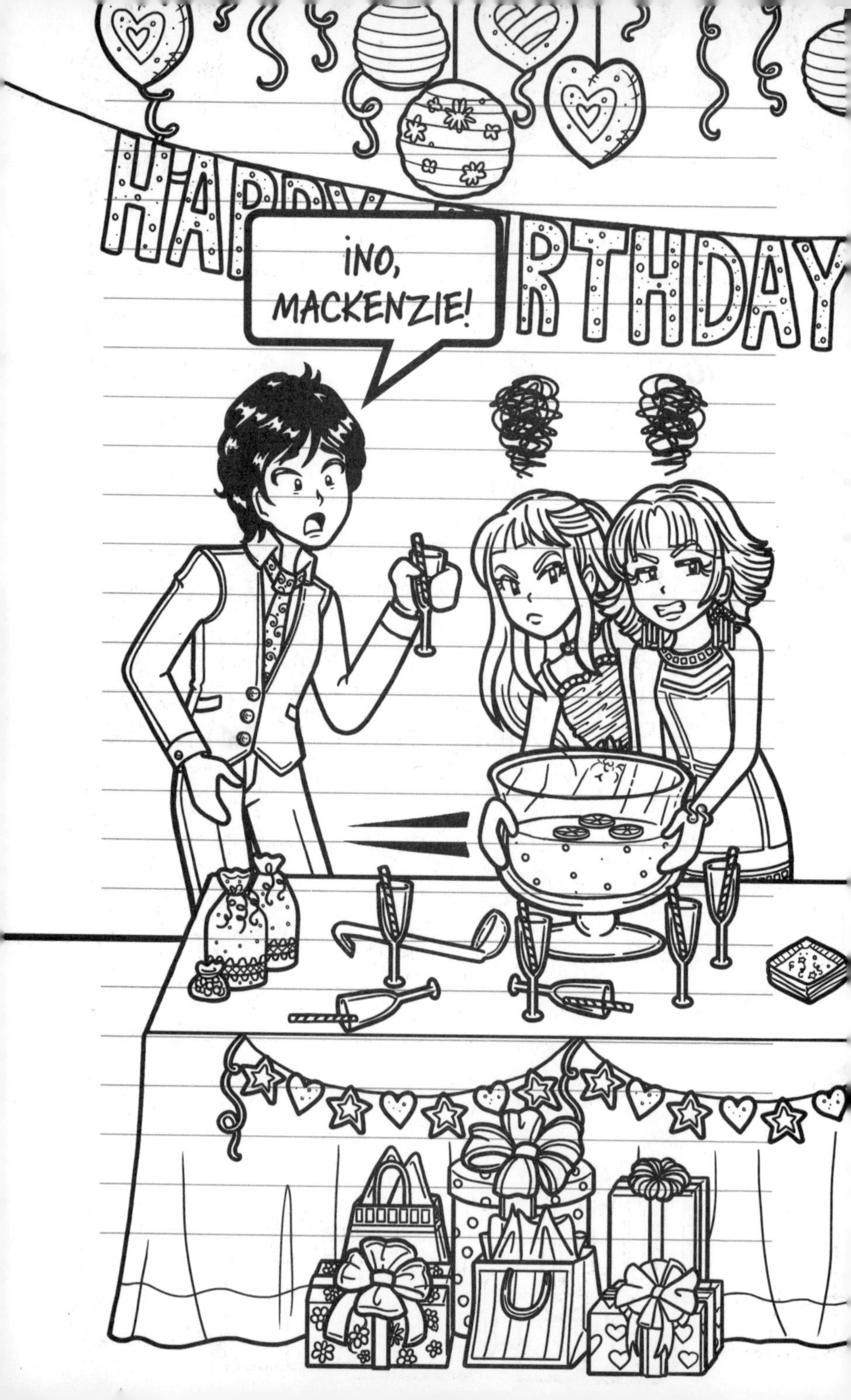
¡NO, MACKENZIE!

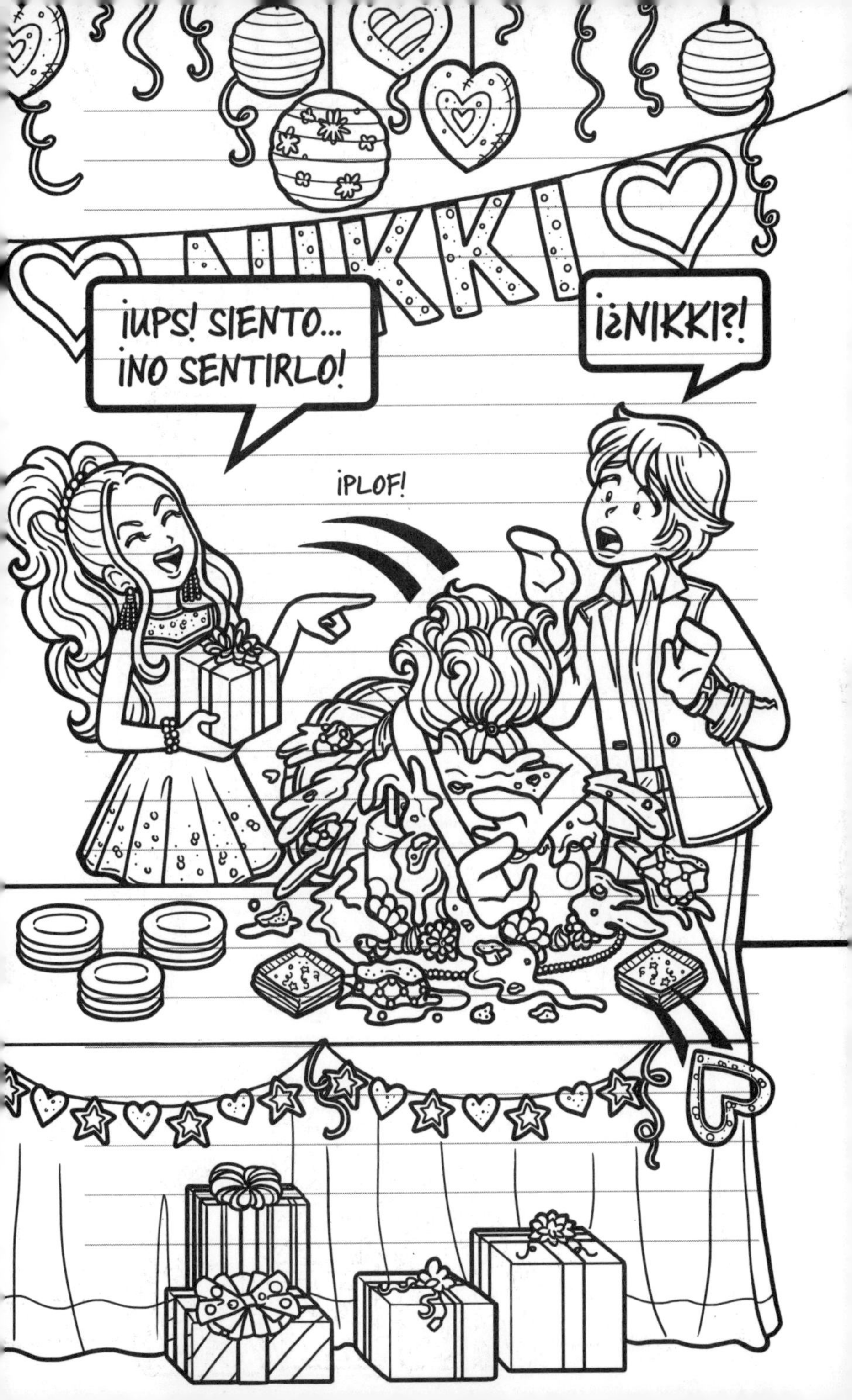
NIKKI
¡UPS! SIENTO...
¡NO SENTIRLO!
¡¿NIKKI?!
¡PLOF!

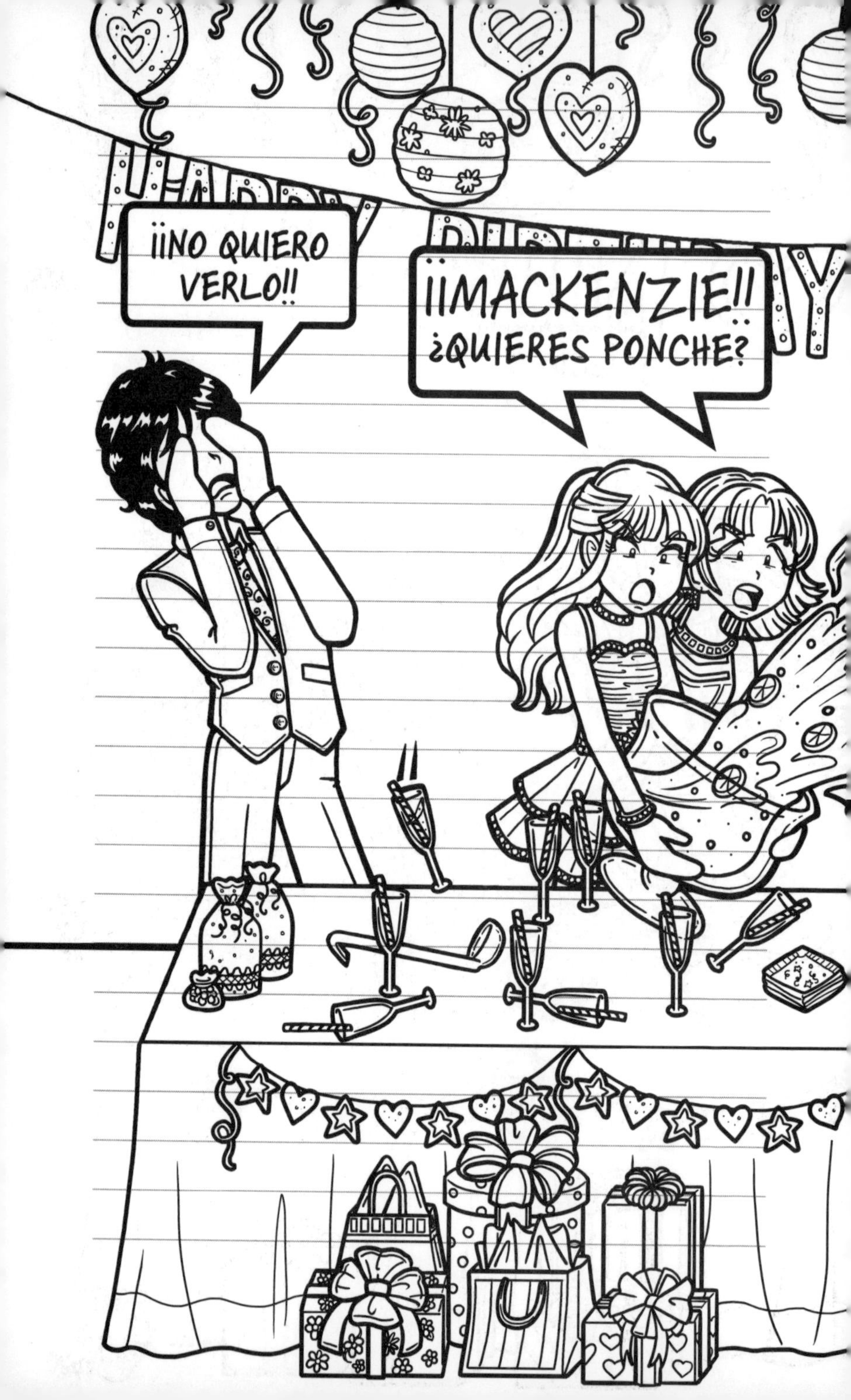
¡¡NO QUIERO VERLO!!
¡¡MACKENZIE!! ¿QUIERES PONCHE?

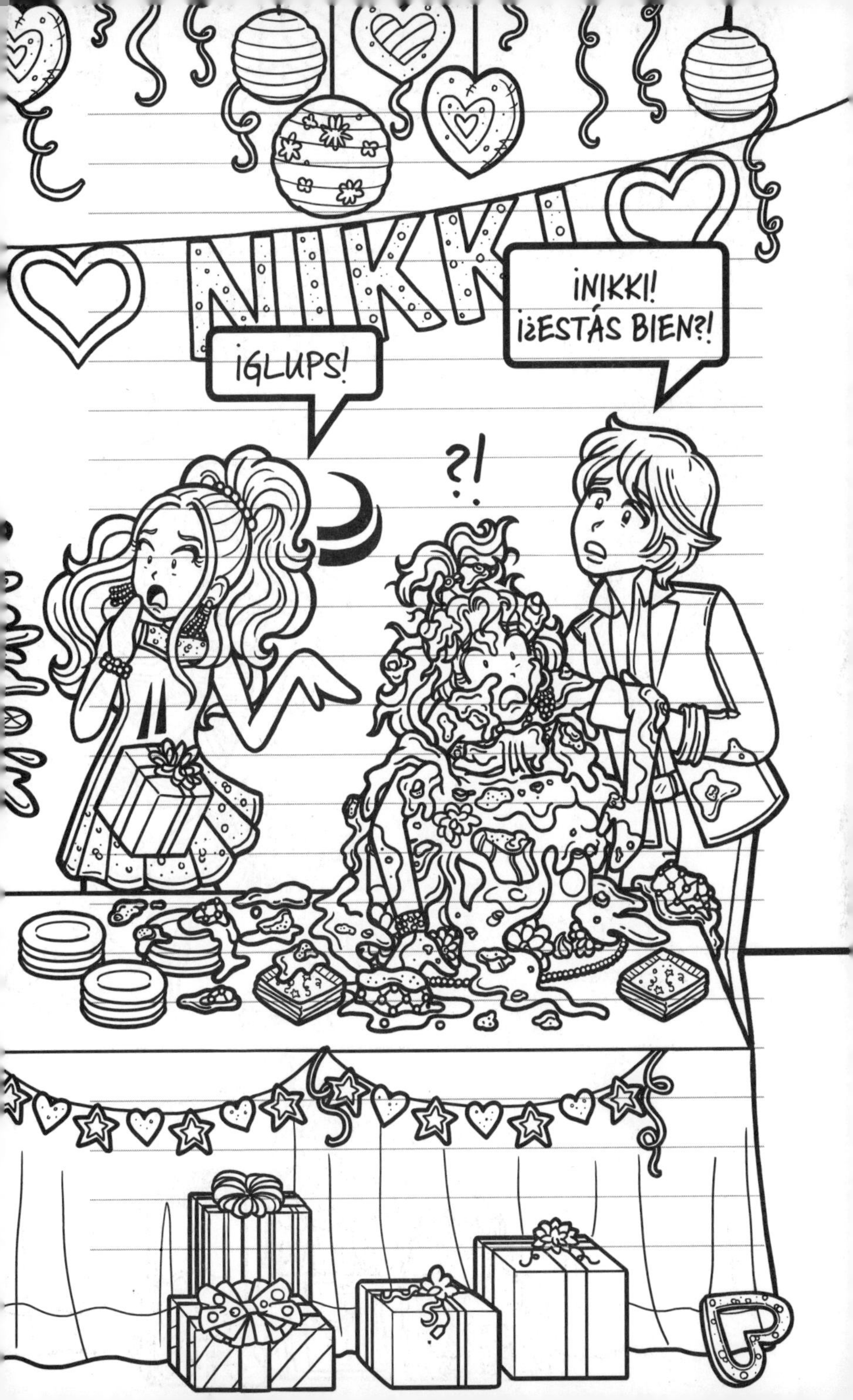
NIKKI
¡GLUPS!
¡NIKKI!
¡¿ESTÁS BIEN?!
?!

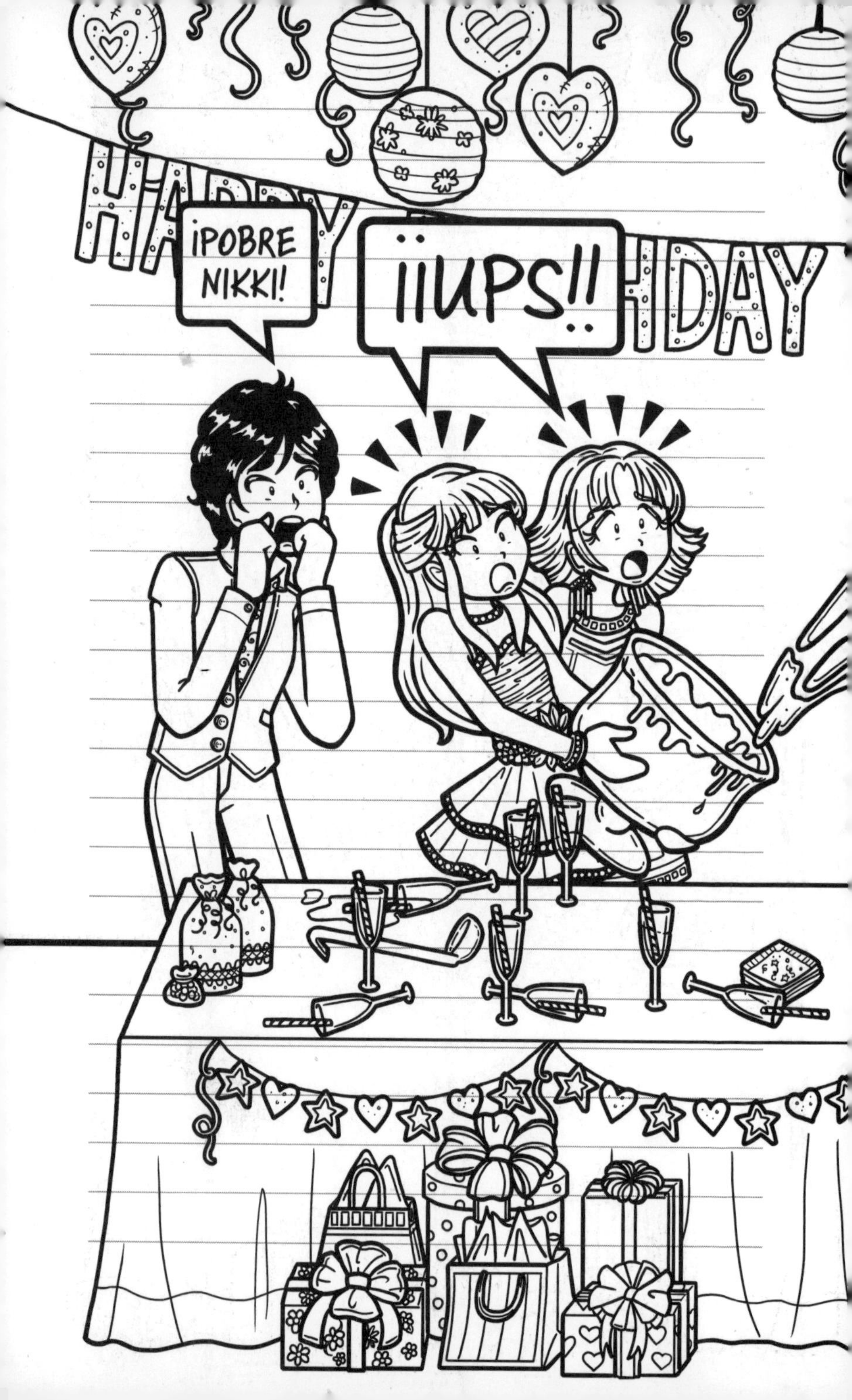
¡POBRE NIKKI!
¡¡UPS!!

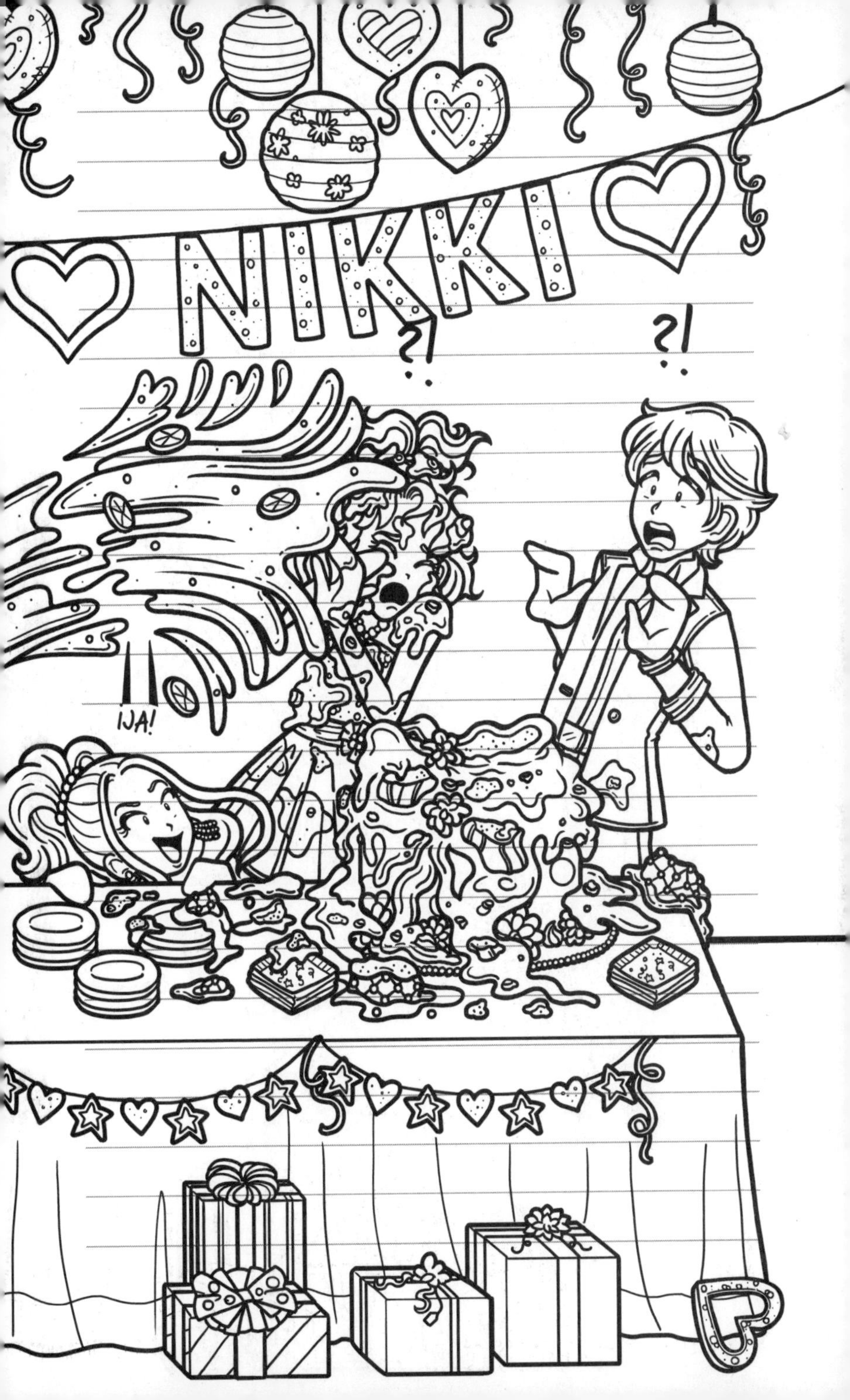

NIKKI
?!
?!
¡JA!

¡Mi maravillosa fiesta de cumpleaños había acabado en una completa CATÁSTROFE! ¡Era ESPANTOSO! ¡¡Menos mal que al final solo era una...

... HORRIBLE PESADILLA!! ¡☹!

¡MADRE MÍA! ¡Parecía todo TAN real! ¡Me he despertado HISTÉRICA y con sudores fríos!

Y ahora FLIPO DE MIEDO solo de pensar en celebrar una fiesta.

Está claro que padezco un grave trastorno degenerativo llamado "TFFC", o "TERRIBLE FOBIA a las FIESTAS de CUMPLEAÑOS".

Es un miedo irracional a las catástrofes fiesteras.

Creo que pillé por primera vez la enfermedad durante mi quinto cumpleaños. Había invitado a mi fiesta a TODA la clase de infantil y mi padre se disfrazó de payaso.

¡Era muy GRACIOSO!

Hasta que se puso a encender las velitas del pastel y se le prendió fuego sin querer la parte de atrás de sus anchos pantalones de payaso.

¡No me preguntes CÓMO!

Primero a mi padre le entró el pánico y se puso a dar vueltas corriendo y gritando "¡FUEGO! ¡FUEGO!".

¡Luego lo apagó SENTÁNDOSE en un enorme cuenco de ponche de fruta!...

¡PLOF!

¡MI PADRE, EL PAYASO, TOMANDO PONCHE!

Los niños se pusieron a reír y aplaudir un montón porque creían que formaba parte de su divertidísima actuación de payaso. Pero a mí me sentó tan MAL que no pude ni probar mi pastel de cumpleaños.

Ahora los payasos me siguen dando PÁNICO, aunque por suerte, no TODOS. ¡Solo los PAYASOS AULLADORES con el TRASERO en LLAMAS!

¡Lo digo MUY en serio! ¡Me dejó más ASUSTADA que una lenteja a punto de hervir!

¡NO TE RÍAS! ¡NO tiene gracia! ¡☹!

Bueno, vale, algo de gracia SÍ que tiene. ☺.

PERO...

Total, que mi cumple es el sábado 28 de junio y mis BFF, Chloe y Zoey, me están pidiendo de RODILLAS que monte una gran fiesta de cumpleaños.

Están tan emocionadas con el tema que mañana vendrán a mi casa para ayudarme a planearlo todo.

Por desgracia, Chloe y Zoey se van a llevar un GRAN disgusto cuando les dé la mala noticia de que he cambiado de idea. Ese espeluznante sueño me ha hecho temer que a la MÍNIMA cosa que saliera mal mi cumpleaños podría acabar siendo un completo DESASTRE.

Mira, me ENCANTARÍA ser la PRINCESA de la FIESTA más guapa y popular.

Pero ¿¡a QUIÉN quiero engañar?!

MI vida NO es un cuento de hadas.

Y yo NO soy la Cenicienta.

Si yo, enfundada en un glamuroso vestido hechizado, abandonara melodramáticamente el baile real a medianoche y perdiera mi precioso zapato de cristal... ¡pisaría directamente una gran CACA DE PERRO!

¡¡☹!!

SIGO traumatizada con la pesadilla, que no para de repetirse en mi cabeza como una película mala. ¡Estaba cubierta de tanto glaseado, de los pies a la cabeza, que me sentía como un cupcake HUMANO! ¡☹!

Por eso pensaba decirles hoy a Chloe y Zoey que había decidido NO celebrar la fiesta de cumpleaños.

Con todo lo que podía salir MAL, no me la podía jugar. Confiaba en que mis BFF me entenderían y me apoyarían.

Han llegado a mi casa megaemocionadas, con una pila ENORME de libros y revistas para PREPARAR FIESTAS. ¡Genial! ¡☹!

Lo que no me esperaba era que me regalaran un libro superventas recién publicado mientras gritaban "¡SORPRESA!".

¡ ¡NO podía creer lo que veía! ¡Se me he quedado cara de BOBA!...

¡Nos hacemos ricos viviendo del cuento!

MONTA UNA FIESTA

(Porque la vida es una fiesta y deberías sonreír mientras aún te queden dientes.)

Era un libro para PREPARAR FIESTAS de mi reality FAVORITO, ¡Nos hacemos ricos viviendo del cuento! Chloe y Zoey me lo han dado como regalo adelantado de cumpleaños para que pudiera organizar mi fiesta.

¡Y no te lo pierdas! ¡También habían traído una pizza QUEASY CHEESY (una idea genial, porque con tanta PREOCUPACIÓN sobre la fiesta me había dado un HAMBRE FEROZ)!

¡Era obvio que mis BFF se estaban tomando sus deberes de la fiesta MUY en serio! ¡☹!

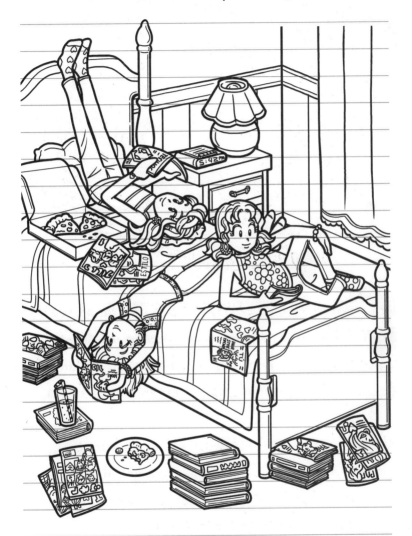

¡CHLOE, ZOEY Y YO, ZAMPÁNDONOS
LA PIZZA MIENTRAS LEEMOS LIBROS
Y REVISTAS SOBRE CÓMO MONTAR FIESTAS!

Apreciaba sus esfuerzos, pero al final me he armado de valor para darles la mala noticia: "Una cosa, os agradezco mucho que me ayudéis a preparar un fiestón. Pero, si nos juntamos las tres en el patio y conseguimos comernos las hamburguesas quemadas de mi padre, yo ya estoy más que contenta", he bromeado.

"¡Nikki, pero qué idea tan GENIAL!", ha gritado Zoey. "¡Mira!, el libro de ¡Nos hacemos ricos viviendo del cuento! tiene instrucciones para montar fiestas muy DIVER en el patio". Y me lo ha enseñado...

FIESTA DE PÍCNIC EN EL PATIO

¡MONTA UNA FIESTA AL AIRE LIBRE PARA 50 AMIGOS!

"¡Mira! ¡Con hoguera nocturna y todo!", ha dicho Chloe. "¡OH! ¡Qué ROMÁNTICO! ¡PARA QUIEN TÚ YA SABES...!". Y la muy tonta echaba besos al aire.

Me han dado bastantes ganas de darle una BOFETADA. Pero me he aguantado. "Ah, sí, suena muy, er... interesante. Pero también podríamos tener una fiestita de pijamas nosotras TRES mirando pelis, ¿qué os parece?".

Chloe ha hojeado el libro que me han regalado. "Pues adivina... ¡Aquí también hay fiestas de pijamas! Mira...".

FIESTA PIJAMA DE CINE

¡MIRA LAS PELÍCULAS MÁS DIVERTIDAS CON 75 AMIGOS!

21

"¡Hala, ESO sí que suena GUAY!", ha dicho Zoey riendo.

A ver, empezaba a cansarme, la verdad. "¡CHLOE! ¡ZOEY! ¡Hacedme caso o me voy con la MÚSICA a otra parte!". Las dos se han callado y me han mirado.

"¡Nikki, es TU cumple, tú decides! ¿Una fiesta para amantes de la MÚSICA? ¡Pues vale!", ha dicho Chloe.

"¡Me ENCANTA la idea!", ha exclamado Zoey. Y nos ha enseñado otra página del libro...

"¡Una fiesta de amantes de la música sería muy RETRO y muy CHIC!", ha dicho superemocionada.

¡Como NO podía creer que mis amigas fueran tan inútiles mentales, al final no he podido contenerme!

"¡POR FAVOR, chicas! ¡¡Me estoy poniendo tan NERVIOSA que solo quiero... GRITAAAAR!!".

"¡Este libro tuyo es ALUCINANTE!", ha exclamado Chloe. "Mira, ¡¡también hay una FIESTA para ESO!!"...

Fiesta de gritos

¡UNA FIESTA DE GRITA Y CHILLA PARA 200 AMIGOS LOKOS!

"¡Podrías alquilar una nave industrial e invitar a doscientas personas a bailar y gritar!", ha dicho Zoey.

¡MADRE MÍA! ¡Las ganas que me han dado de montar la FIESTA DE GRITAR ahí mismo, en mi habitación!

"¡CALLAOS, POR FAVOR! ¡No quiero NADA de eso! Mi vida ya es MUY estresante. Me siento como si me hubieran arrojado a lo más hondo de una piscina de popularidad y tuviera que elegir entre hundirme o nadar. ¡Sé que debería zambullirme, pero me muero de miedo de AHOGARME! No sé si me explico...".

Chloe y Zoey han cruzado miradas y me han mirado a mí mientras asentían con la cabeza.

"Espero que no os hayáis ENFADADO", he musitado.

"Nikki, ¡¿POR QUÉ íbamos a enfadarnos?!", ha dicho Zoey. "Si no hemos entendido lo que de verdad querías es culpa NUESTRA, por no escucharte".

"¡Ahora te hemos ENTENDIDO a la primera!", ha dicho Chloe. "Y nos parece perfecto que quieras una...".

¡¿UNA FIESTA DE PISCINA?!

"¡Nosotras TAMBIÉN preferíamos una fiesta de piscina!", ha gritado Zoey entusiasmada.

"Pero queríamos que fueras TÚ la que decidieras, porque es TU cumpleaños!", ha gritado Chloe.

"¡Por suerte, tu nuevo libro tiene un capítulo entero dedicado a las fiestas de piscina!", ha dicho Zoey.

Y entonces mis dos BFF se han puesto a bailar
por la habitación gritando "¡U-NA FIES-TA DE
PIS-CI-NA! ¡U-NA FIES-TA DE PIS-CI-NA!
¡NIKKI HARÁ UNA FIES-TA DE PIS-CI-NA!".

Entonces me he dado cuenta de que mis BFF querían
MUCHÍSIMO que hiciera una fiesta de cumpleaños.

Y, por mucho que yo flipara con la idea, no he tenido
valor para decepcionarlas. Y me he puesto a saltar
y a bailar con ellas por la habitación gritando:
"¡U-NA FIES-TA DE PIS-CI-NA! ¡U-NA
FIES-TA DE PIS-CI-NA! ¡YO HARÉ UNA
FIES-TA DE PIS-CI-NA...!".

¡Luego nos hemos dado un abrazo de grupo!
Y Chloe y Zoey me han dicho las palabras más
dulces y amables que nadie me había dicho NUNCA.

"¡Nos hace TANTA ilusión que hagas la fiesta, Nikki!
¡Te la mereces! Además, como puede que este
verano estés en París, ¡queremos pasar este día
tan especial celebrando que te tenemos a TI!",
ha explicado Chloe.

"¡Por una vez HAREMOS algo BONITO por
ti, para compensarte por TODAS las cosas
MARAVILLOSAS que TÚ has hecho
por NOSOTRAS!", ha dicho Zoey.

"¡Nikki! ¡Eres la MEJOR amiga del MUNDO!",
han soltado, y se han empezado a emocionar.

¡MADRE MÍA! ¡Me sentía MUY especial! ¡Está
claro que a mis amigas les IMPORTO y mucho!

¡Son las MEJORES AMIGAS DEL MUNDO!

Y si celebrar esta fiesta de cumpleaños las va hacer
felices a ELLAS, ¡también me hará feliz a MÍ!

¡¡☺!!

P. D.: Debería ALEGRARME porque este verano
NO tendré que ver mucho a MacKenzie. ¡¡Por
una vez no habrá MELODRAMAS en mi vida!!
¡YAJUU! ¡☺!

Hace SOLO tres días que se acabó el cole y
la MIMADA de mi hermana, Brianna,
YA me está volviendo...

¡LOKAAA! ¡☹!

Desde que los scouts le dieron la insignia de
cocinera hace unas semanas, no ha parado
de preparar comidas nauseabundas no aptas
para el consumo humano.

Se podría esperar que, con la práctica, Brianna
dejaría de ser una cocinera tan NEFASTA.

Pues sigo sin entender cómo es posible, pero el caso
es que, en lugar de mejorar, ¡sus aptitudes culinarias
van cada vez a peor!

Cuando he bajado esta mañana, Brianna estaba
QUEMANDO el desayuno.

"¡Buenos días! ¿Tienes hambre?", me ha preguntado.

"¡MADRE MÍA!", he exclamado entre náuseas mientras me tapaba la nariz. "Brianna, ¡¿QUÉ es ese OLOR?!".

BRIANNA, COCINANDO OTRO
DE SUS PLATOS NAUSEABUNDOS

De hecho, no era olor, ¡era PESTE! Peste a basura de quince días... pudriéndose en una ciénaga.

De pronto he visto salir un humo negro putrefacto de la tostadora.

Brianna ha dispersado el humo y ha sonreído.

"Estoy preparando SARDINAS recubiertas en manteca de cacahuete nadando en kétchup y con un *topping* de gusanos de gominola, todo con pan tostado. ¡Es un sándwich de alta cocina para desayunar que he inventado yo solita!", ha proclamado con orgullo.

"Brianna, suena... ¡UF! ¡No tengo palabras para describirlo!", he mascullado.

Y me han dado arcadas.

"¿A que te apetece MUCHO? ¡Ya está casi a punto...!", ha dicho Brianna mirando hacia la tostadora.

Y justo entonces ha retronado un gran...

¡POP!

En la confusión me ha parecido ver salir de la tostadora ¡como un COHETE! un sándwich de manteca de cacahuete, sardinas, kétchup y gusanos de gominola.

Ha impactado contra el techo de la cocina
a 130 km/h haciendo un fuerte...

¡PLOF!

... y se ha quedado ahí pegado. El menjunje de gusanos
derretidos y kétchup ha empezado a gotear y a formar
un charco con los colores del arco iris en el suelo.

"¡UPS!", ha musitado Brianna. Luego ha puesto una
sonrisita como si la que había liado en el techo y en
el suelo no tuviera nada que ver con ELLA.

¡¡Yo estaba FURIOSA!!

"¡Brianna! ¡Mira la que has LIADO! Tu sándwich
de sardina se ha quedado pegado al techo como
una mosca chafada. ¡¿QUÉ piensas hacer ahora?!".

"Pues no sé", ha dicho con risita nerviosa, "¿Ponerme
un gran cuenco de cereales con leche y nubes, espaguetis,
palomitas y albóndigas?". Y se ha encogido de hombros.

¡Y a mí me han VUELTO a dar arcadas!

¡Pero el LÍO MONUMENTAL que ha dejado montado en el fregadero era incluso más ASQUEROSO que el sándwich pegado al techo!...

BRIANNA DEJA UNA PILA DE CINCUENTA Y TRES PLATOS SUCIOS EN EL FREGADERO

"¡Brianna! ¡Me niego a perder ni un minuto más de mi tiempo, ni un ápice más de mis energías para limpiar tus DESASTRES culinarios!", he gritado.

Y he decidido tomar cartas en el asunto.

Cuando ha llegado mi madre del trabajo, la he convencido para que le comprara a Brianna un juguete que lleva SIGLOS pidiendo: el Juego de Cocina Gourmet Petit Chef de la Princesa Hada de Azúcar.

Le he dicho que, no solo sería mucho más seguro y fácil para ella, sino que TAMBIÉN impediría que dejara la cocina hecha un DESASTRE, que QUEMARA la casa y que LANZARA PROYECTILES desde la tostadora.

Las próximas semanas voy a estar SUPERocupada planeando mi gran fiesta de cumpleaños.

Y lo ÚLTIMO que necesito es que Brianna me distraiga cocinando su supuesta COMIDA nauseabunda y apestosa.

En cuanto se ha terminado el melodrama Brianna, me he sentado a relajarme con mi perrita Daisy y a preparar la lista de invitados para mi fiesta.

Y he recibido una agradable sorpresa: ¡una llamada al móvil de mi amor secreto Brandon!...

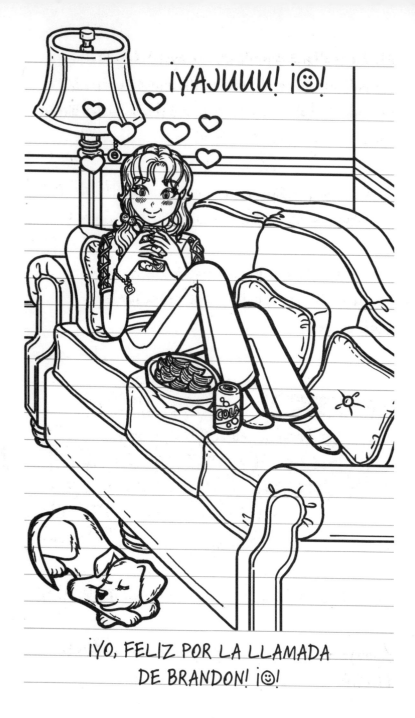

¡YAJUUU! ¡☺!

¡YO, FELIZ POR LA LLAMADA
DE BRANDON! ¡☺!

Me ha vuelto a agradecer mi ayuda con la recaudación para el refugio de animales Fuzzy Friends. Estaba muy contento porque hasta ahora había sido un éxito ENORME.

¡Y no te lo pierdas! ¡A la gente le han ENCANTADO los dibujitos de cachorros que hice para la web!

¡Por eso Brandon ha tenido la brillante idea de subastar mis dibujos para recaudar aún MÁS dinero!...

¡MIS DIBUJITOS DE CACHORROS MONÍSIMOS!

Y luego me ha hecho la pregunta que yo tanto TEMÍA...

"Nikki, no es por presionar ni nada, pero ya va siendo hora de que decidas qué vas a hacer este verano, si vas a ir a París con la beca que te han dado o vendrás de gira con nuestra banda para hacer de teloneros de los Bad Boyz. Si queremos estar preparados, deberíamos empezar ya los ensayos, contigo o sin ti".

La verdad es que yo no tenía ni la más mínima idea de lo que iba a hacer.

Solo de pensarlo me cogía un terrible dolor de cabeza y sudores fríos.

"Tienes razón, Brandon. Tenemos que empezar los ensayos con la banda. Pero es que AÚN no sé lo que voy a hacer este verano. En cuanto tome la decisión definitiva te lo digo sin falta".

"Vale, lo entiendo. Mira, para que tengas una cosa MENOS por la que preocuparte, los demás podemos empezar los ensayos mañana y trabajar solo la música las próximas semanas. Así tendrás más tiempo para decidirte", ha contestado Brandon.

"¡Qué idea tan FANTÁSTICA! ¡Claro, las voces y la coreografía las podemos poner después! ¡Brandon, me salvas la VIDA!", he exclamado.

"¡Pasa nada!", ha dicho. "Parece que vas a tener un veranito agitado. Cualquier cosa que pueda hacer para ayudarte me lo dices. Decidas lo que decidas al final, ¡yo te apoyaré!".

"¡Gracias, Brandon! ¡Pues fíjate que me voy a COMPLICAR el verano aún más! Este año he decidido celebrar una fiesta de cumpleaños y Chloe y Zoey me están ayudando a organizarla. ¡Será el sábado 28 de junio! ¡Estás superinvitado, claro!".

"¡Hala! ¡¿Una fiesta también?! Y entonces ¿¿cuándo piensas DORMIR?!", ha bromeado Brandon. "¡Gracias por invitarme! ¡Ya tengo ganas de que llegue!".

"¡Yo también!", he dicho entre risas.

Y entonces es cuando las cosas se han puesto un poco INCÓMODAS. No teníamos nada más que decirnos, pero no queríamos colgar. Al final, Brandon ha dicho...

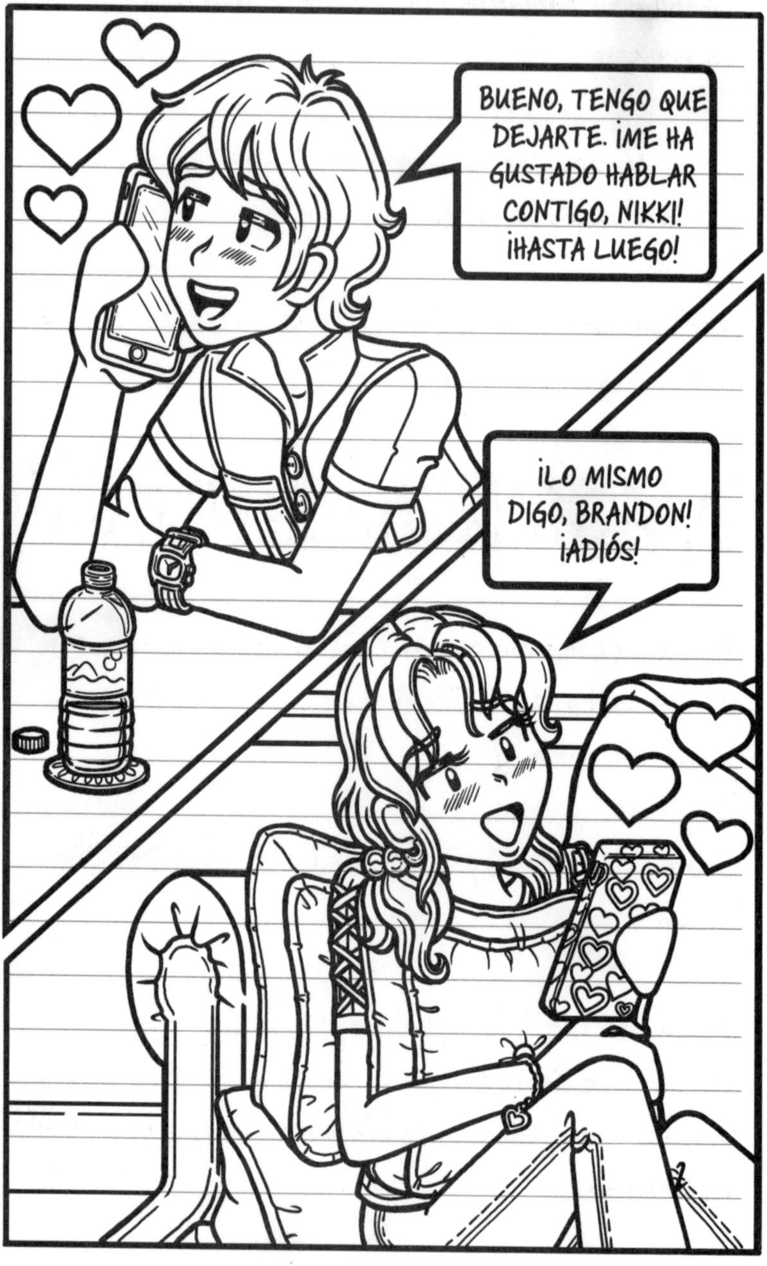
BUENO, TENGO QUE DEJARTE. ¡ME HA GUSTADO HABLAR CONTIGO, NIKKI! ¡HASTA LUEGO!
¡LO MISMO DIGO, BRANDON! ¡ADIÓS!

Cuando ya habíamos colgado, le he enviado
un mensaje...

> ¡Gracias de nuevo por ofrecerte
> a empezar los ensayos! ¡☺!

Y él me ha contestado con un pulgar hacia arriba,
notas musicales ¡y un CORAZÓN!

¡YAJUUUUUU! ¡¡☺!!

Aunque es posible que el corazón solo signifique
que le gusta la MÚSICA y no... er, ¡ya sabes
a qué me refiero!

Realmente, soy muy afortunada de tenerlo como
amigo.

Hasta si PLANTO la gira de los Bad Boyz para
pasear por París con mi nuevo amigo André (porque
su padre vive allí), Brandon ha dicho que respetaría
mi decisión.

Porque, a ver, ¡¿QUIÉN diría que no a un viaje de quince días a PARÍS con todos los gastos pagados?!

¡¡NADIE!!

O sea que NO tengo por qué preocuparme, ¡¿VERDAD?!

¡¡PUES SÍ!!

¡¿A QUIÉN quiero engañar?!

A mí Brandon me gusta MUCHO.

¡¡MUCHÍSIMO!!

Y por eso tengo que ser MUY prudente, o podría acabar ARRUINANDO nuestra amistad.

¡¡PARA SIEMPRE!!

¡¡☹!!

SÁBADO, 7 DE JUNIO

RECORDATORIO: La próxima vez que mi madre diga: "Nikki, ¿por qué no hacemos una SALIDA DE CHICAS TÚ y YO solas?"... sugerirle ir al cine.

O comer yogur helado. O arrancarnos los pelillos de la nariz de uno en uno de la forma más DOLOROSA.

¡Todo MENOS una CLASE de YOGA mamá e hija! ¡¡☹!!

A ver, yo no tengo nada contra el yoga. Seguro que para algunos es genial. Quizás hasta YO llegaré a disfrutarlo algún día.

¡Pero HOY NO era ese día!

Mi madre quería desestresarse después de un día especialmente duro en el trabajo, y tenía un vale de 2x1 para un nuevo centro de yoga cercano.

Como yo tampoco tenía nada mejor que hacer y casi NUNCA puedo estar sola con mi madre, he aceptado ir.

¡¡GRAN ERROR!! ¡¡☹!!

Lo he sabido en cuanto hemos entrado en aquel sitio.

Todas las mujeres llevaban conjuntos de yoga guais a juego con las colchonetas. Nos han mirado de arriba abajo y han cuchicheado. Supongo que porque mi madre llevaba una camiseta *hippie* de bordes descosidos y unos pantalones de gimnasia de sus días de instituto.

Era obvio que esas señoras no nos querían en su clase. Se me ha hecho un nudo en el estómago al darme cuenta de que eran como las GPS (Guapas, Populares y Simpáticas) de mi instituto. ¡Pero en ADULTAS!

Nada más entrar, mi madre ha puesto ojos raros, ha empezado a contonearse con la música *new age* y ha inhalado a fondo el incienso. Y yo he logrado reprimir mis ganas imperiosas de salir de allí GRITANDO.

Todas las alumnas llevaban colchonetas de yoga guais en bolsas de yoga guais, pero nosotras las hemos cogido de una pila que había en el rincón.

¡Pues sí! Dos colchonetas llenas de POLVO y GÉRMENES y empapadas de SUDOR ajeno que olían a calcetines sucios de gimnasia con salsa de pepinillos.

¡GENIAL! ¡☹!

Creía que la monitora sería una esbelta mujer de unos veinte años, pero andaba MUY equivocada. Era mayor que mi madre, tenía un cuerpo SUPERatlético y llevaba el pelo gris recogido en una trenza.

Mi madre ha desplegado tan contenta la colchoneta delante de todo, al ladito mismo de la monitora.

"¡Mamá!", le he dicho en voz baja. "Somos nuevas, deberíamos ponernos detrás".

Aunque en realidad quería decir: "¡Mamá! ¡¿De verdad queremos pasar VERGÜENZA delante de TODAS?!".

"Qué va, Nikki, somos principiantes y cuanto más cerca estemos de la monitora, mejor", ha dicho alegremente mi madre mientras saludaba con la mano a toda la clase.

¡MI MADRE, ELIGIENDO EL PEOR SITIO POSIBLE!

"Tu madre tiene razón", ha dicho la monitora sonriendo. "Tú haz solo lo que puedas y acuérdate siempre de respirar", ha añadido tan tranquila.

Me he reído por la nariz pero he tosido para disimular.

¡¿RESPIRAR?! ¿DE VERDAD se creía que yo me iba a OLVIDAR de respirar? ¿A QUIÉN se le ocurre?

Mis pensamientos se han visto bruscamente interrumpidos con la entrada de dos alumnas.

"¡Hola, señoras!", ha exclamado la monitora. "¡Poneos aquí junto a las nuevas!". Y entonces nos ha dicho muy satisfecha a mi madre y a mí: "¡Son mis MEJORES alumnas! Basta con que las miréis a ellas para aprender la técnica perfecta".

¡MADRE MÍA! ¡¿A que no sabéis quién es una alumna de yoga SUPERavanzada?!

¡¡MACKENZIE HOLLISTER, por supuesto!! ¡¡☹!!

Y se ve que también su madre.

45

Han entrado contoneándose las dos con sus colchonetas, toallas, botellas y bolsas de deporte a juego. ¡Creo que las mallas de yoga de MacKenzie costaban más que el COCHE de mi madre! NO exagero.

MacKenzie ha arrugado la nariz al verme como si mi colchoneta fuera vieja y sucia y oliera muy mal.

Vale, sí, era exactamente ASÍ.

Pero ¡¿Y QUÉ?!

¡MacKenzie es tan HIPÓCRITA! Me ha dedicado una sonrisa falsa y ha puesto su colchoneta junto a la mía. A saber por qué, pero fingía ser amable... supongo que porque su gurú estaba mirando.

"¡Bien! Primero, calentamiento", ha dicho la monitora.

Yo aún intentaba flexionarme cuando MacKenzie ha empezado a darle a su cuerpo formas que ¡NINGÚN CUERPO HUMANO debería poder adoptar!

Odio admitirlo, pero ¡lo hacía DE LUJO!...

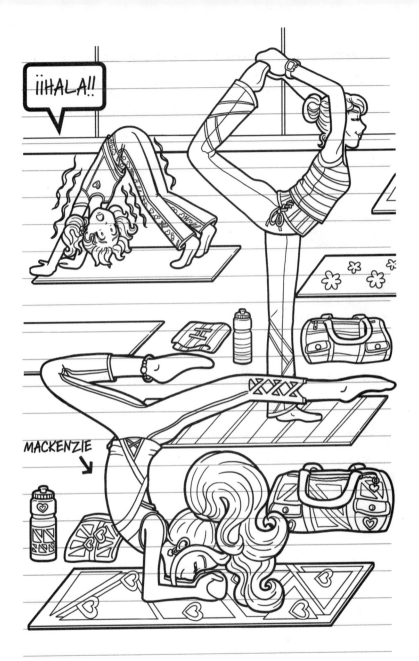

¡MACKENZIE MOLA HACIENDO YOGA!

47

¡Su madre también era muy buena!

"¡Precioso, MacKenzie!", ha dicho la monitora.

Pero, en cuanto la monitora se ha girado,
MacKenzie me ha dirigido una mirada de desprecio.

Casi me desplomo sobre la colchoneta.

¡Pero no por MacKenzie, si no por un terrible
CALAMBRE en la pierna que me estaba matando!

¿Recuerdas lo que había dicho la monitora sobre
lo de no olvidarse de respirar? Pues yo no llevaba
ni diez minutos en la clase cuando...

¡ME HE OLVIDADO POR COMPLETO DE RESPIRAR! ¡☹!

¡MADRE MÍA! ¡¡¿Sabías lo DIFÍCIL que es el yoga?!!

PRIMERO, se ve que este era una especie de yoga de
tortura en el que se calienta mucho la sala, como una
sauna. Yo me he puesto a sudar enseguida. CHARCOS.

¡Era PELIGROSO porque podía resbalar en alguno de los charcos de mi PROPIO sudor y romperme la crisma!

SEGUNDO, creía que el yoga era sentarse con las piernas cruzadas y meditar tranquilamente mientras se tararea la palabra "OMMMMM", como hacen en la tele.

¡Pues se ve que NO!

O sea que no os creáis lo que cuentan.

No he parado de gritar mentalmente "¡AY! ¡QUÉ DAÑO!" mientras intentaba hacer todas aquellas posturas extrañas e incómodas.

Al cabo de unos minutos, ¡me dolía tanto todo que creía que me iba a MORIR!

Mi madre también lo estaba pasando mal. Pero ponía esa cara feroz y decidida que pone a veces como diciendo que NO pensaba rendirse por nada del mundo.

¡Así que yo también he decidido NO rendirme!

¡Y MENOS delante de MacKenzie!

HASTA QUE...

He tenido un "problemilla" durante la clase de yoga.

¡MADRE MÍA! ¡Creía que iba a MORIR!
¡Y no por el dolor, sino por la VERGÜENZA!

No quiero interrumpir mi diario justo ahora,
en mitad de esta historia, pero me acaba
de llamar mi madre para que baje a cenar.

Intentaré acabar de contarlo mañana.

¡Espero que NO VUELVA a tocar sobras!

¡☹!

Bueno, ¡POR FIN puedo acabar lo que empecé
a escribir ayer en este diario...

Como decía, estaba en yoga, prácticamente
muriéndome de vergüenza. ¿QUE POR QUÉ?

La monitora nos concedió un minuto para descansar
en lo que llaman "la postura del niño".

Que consiste básicamente en encorvarse como una
bolita y llorar en silencio contra la colchoneta
¡suplicando que acabe la TORTURA!

¡VALE, NO! Confieso que eso último de llorar
en la colchoneta lo he añadido yo.

Pero bueno, lo importante es que era la primera
postura en la que estaba cómoda. ¡Me relajé y
todo! Pero ¿¡sabes lo que pasa cuando te relajas
en esa posición?!

¡La postura del niño tiene sus RIESGOS!

Se me escapó sin querer un SONORO y LARGO, er... bueno, a ver cómo lo explico...

Sonó como el ERUCTO de un hipopótamo de una tonelada y media...

HIPOPÓTAMO

Pero con la diferencia de que en mi caso NO era un eructo, porque salió por el otro lado.

Y, por si ESO fuera poco, pasó cuando la clase estaba en completo silencio.

¡Me MORÍ allí mismo!
Y mi madre también...

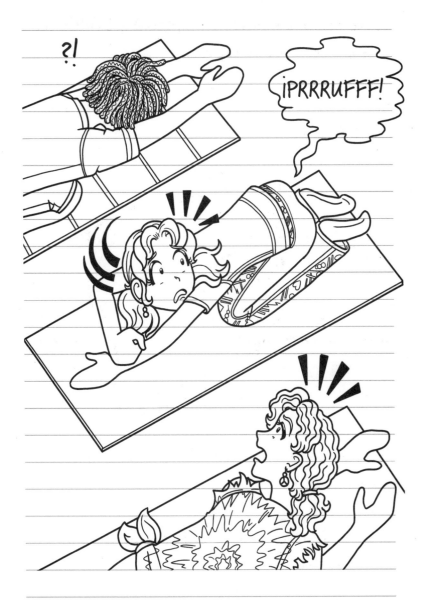

YO, PASANDO UN MOMENTO DE VERGÜENZA
UNIVERSAL EN CLASE DE YOGA

¡MADRE MÍA! Tras eso, ni siquiera MacKenzie pudo mantener su falsa actuación de YOGUI ZEN. Su cara expresaba sorpresa, enfado y asco, ¡todo a la vez!

Mientras la mía se encendía como un semáforo rojo...

¡YO, TAN AVERGONZADA QUE QUERÍA CAVAR UN AGUJERO MUY PROFUNDO PARA METERTEME DENTRO Y MORIRME!

La monitora me dirigió una mirada compasiva. "No pasa nada, querida", dijo en voz alta. "De hecho, eso es bueno. La expulsión de gases indica que estás relajando músculos importantes".

¡MADRE MÍA! ¡Solo faltaba eso! Me excusé muy bajito diciendo que tenía que ir al lavabo y salí pitando de la clase.

"¡Felicidades!", me gritó la monitora mientras salía. "¡Tus INTESTINOS están sanos y felices!".

¡Lo ÚLTIMO que necesitaba era que la monitora comentara el estado de mis intestinos! ¡¡Y menos delante de MacKenzie Hollister!!

Mi madre salió un minuto después, con la cara todavía roja y brillante de sudor.

"¡Lo siento, mamá!", susurré. "Acaba la clase si quieres, que yo te espero aquí".

Mi madre me dirigió media sonrisa mientras veíamos a la recepcionista encender más incienso.

No pude evitar pensar que quizás era para librarse del olor de mi, er... ¡apestoso incidente!

"Creo que las dos hemos tenido bastante yoga por hoy, ¿no te parece?", me dijo mi madre cogiéndome de la mano. "¡Vamos!".

Salimos de la penumbra del centro de yoga a la soleada calle e inspiramos a fondo el aire fresco.

Mi madre miró la hora en el móvil. "Aún tenemos media hora antes de que Brianna salga de ballet. ¿Qué te parece si nos vamos a tomar un helado?".

La heladería que había junto al centro de yoga era claramente más de MI tipo. Nada de incienso ni señoras estiradas mirándome de arriba abajo. Y, lo mejor de todo, nada de MacKenzie Hollister.

Solamente colores vivos, música pop alta y tantos *toppings* dulces que me subió el azúcar solo de mirarlos.

Pero, aun así, no dejaba de sentirme FATAL por lo que había pasado en la clase de yoga.

Es que ya habría sido bastante MALO que me pasara algo así en una clase llena de gente que no conozco. Pero... ¡¡delante de MACKENZIE!! Ya me imaginaba las cosas horribles que iba a contar por las redes. ¡Seguro que en cuatro días correría el CHISME por el instituto y TODOS se REIRÍAN de mí!

¡MADRE MÍA! ¡¿Y si lo veía mi AMOR SECRETO?! ¡¿☹?!

De pronto noté cómo empezaban a caerme lagrimones y no pude contenerlos...

"¡Oh, cariño!", suspiró mi madre abrazándome.
"Creo que esto pide una copa maxi de helado
con caramelo caliente y ración extra de nata".

Mientras mi madre pedía yo intenté calmarme.

¡Es que DETESTO que MacKenzie me haga
sentir así de mal!

"¿Te he contado alguna vez que vomité sobre mi pareja
del baile de fin de curso?", dijo mi madre mientras
íbamos hacia la mesa, intentando cambiar de tema.

"¡¡MAMÁ!! ¡¿PERO QUÉ ME DICES!?", exclamé.

Me contó que, por culpa de unas gambas en mal estado
que había cenado antes en un restaurante caro,
en el primer baile lento vomitó encima de su pareja.

"¡¿De verdad que le VOMITASTE encima a tu
pareja del BAILE de fin de curso?! ¿Y después
cambiaste de instituto? No, claro, ¡seguro que tu
pareja de baile cambió de instituto! ¡Es lo que
habría hecho yo!".

Debo confesar que SU historia de terror me hizo sentir un poco mejor respecto a la MÍA.

"¡¿Y qué pasó? ¿Volvió a hablarte alguna vez?!".

Mi madre parpadeó e intentó contener una sonrisa.

"¡Va, mamá, vomítalo ahora! El chico no te volvió a hablar EN LA VIDA, ¿verdad?".

"Pues mira, hablamos todos los días", me dijo pedante.

"¡ANDA YA!", solté. "¿De verdad?".

En ese momento le sonó el teléfono. Lo miró y dijo: "¡Fíjate, me está enviando un mensaje ahora mismo!".

¡Increíble! ¡¡Mi madre se estaba poniendo COLORADA!!

Ahora, claro, YA me moría de curiosidad.

Me incliné para mirarle el móvil y cuál fue mi sorpresa cuando vi...

¡LA CARA DE MI PADRE!

"¡¿PAPÁ?! ¡¿Tu pareja de baile era PAPÁ?!", grité. "¡¿Cómo es que no me habías contado antes esta historia?!"

Mi madre me dedicó una gran sonrisa.

"Claro, Nikki, en aquel momento me pareció lo PEOR.
Pero ahora solo es otra de las muchas cosas de la vida
que no salieron según lo previsto. ¿Qué es un poco de
vómito en nuestra primera cita cuando hemos pasado
juntos por dos partos, la creación de un negocio
y el traslado a otra ciudad mientras criábamos a dos
hijas preciosas? Por cierto, aquel desastre del baile
no fue NADA comparado con vivir con un torbellino
con coletas adicto al Hada de Azúcar llamado...".

Las dos nos intercambiamos miradas cómplices
y dijimos al mismo tiempo...

"¡BRIANNA!"

Primero solté yo una risita.

Luego mi madre una carcajada.

¡Y las dos acabamos RESOPLANDO y TOSIENDO
de risa sobre la copa de helado!

¡MI MADRE Y YO, HABLANDO DE LA VIDA
MIENTRAS COMPARTIMOS UNA COPA
DE HELADO!

¡Aquella copa de helado con caramelo caliente estaba DE MUERTE!

Debo confesar que fue divertido salir ayer con mi madre.

¡Es bastante ENROLLADA!

A pesar de ser una MADRE y de llevar aquella ropa HORTERA de gimnasia de su época de instituto.

¡A este tipo de SALIDA DE CHICAS sí que podría acostumbrarme!

¡☺!

Como hacía un día soleado perfecto, Chloe, Zoey y yo hemos decidido quedar en el parque para seguir preparando mi fiesta. Yo he llevado a Daisy.

"¡Tu fiesta de piscina será ÉPICA!", ha exclamado Chloe.

"¡Será TAN épica que el PRIMER día de clase AÚN se HABLARÁ de ella!", ha añadido Zoey entusiasmada.

"¡Y gracias a TU fiesta superguay, todos se PEGARÁN por invitarnos a NOSOTRAS a SUS fiestas!", ha explicado Chloe.

"Nikki y Chloe, ¿¡sois conscientes de que esto podría cambiarnos la vida?!", ha dicho Zoey con tono grave. "¡Podríamos acabar siendo las más POPULARES del insti!".

¡CARAY! Todo esto de la fiesta empezaba a marearme un poco. O tal vez era porque la correa de Daisy me estaba cortando la circulación de la sangre al cerebro...

¡MIS BFF Y YO, PLANEANDO EMOCIONADAS MI FIESTA MIENTRAS DAISY HACE AMIGOS!

Eso de que mi fiesta pueda afectar a nuestra posición social en el instituto el curso que viene me ha puesto un poco nerviosa. ¡¿Y si algo sale mal?!

¡Pero mis BFF me han tranquilizado diciendo que todo iba a salir bien!

"¡No te preocupes, Nikki!", ha dicho Chloe. "Yo lo sé TODO sobre fiestas. Ya he montado tres para mi hermano, y aún se habla mucho de la última".

"Lo sé, Chloe. Pero AÚN se habla de ella por el problemilla que tuvisteis con aquel juego que propusiste, ¿recuerdas?", le he contestado.

Chloe se ha cruzado de brazos con expresión de paciencia. "¡Mira, no fue culpa MÍA si tuve que llamar a urgencias cuando jugaban a 'El rey manda' porque a mi hermanito se le ocurrió meterse un ganchito por la nariz Y LUEGO todos los demás niños se metieron ganchitos por la NARIZ porque lo mandó el rey! Nikki, ¡podía haber perdido los NERVIOS! ¡Pero supe mantener la calma y hacer frente a la situación!...

¡CHLOE, LLAMANDO A URGENCIAS
POR UN ACCIDENTE GANCHITERO!

En una cosa le di la razón a Chloe: yo no habría sabido qué hacer con UN niño con un ganchito metido en la nariz. ¡Imagínate con SEIS!

Hubiera perdido los nervios al ver llegar todas aquellas ambulancias haciendo sonar las sirenas.

¡Chloe era casi una HEROÍNA! O algo parecido.

"Nikki, no olvides que yo he asistido con mi padre a fiestas de hijos adolescentes de celebrities", ha contado Zoey. "O sea que soy casi EXPERTA en fiestas. Yo seré tu coordinadora de actividades".

"¡Gracias, Zoey! Pero ¿esas fiestas a las que fuiste no eran SUPERcaras?", le he preguntado.

"Es verdad", ha reconocido Zoey. "Pero, en lugar de contratar a los Bad Boyz para que actúen en tu fiesta, podemos buscar a un DJ. Y, en lugar de barra de sushi y muro de escalada, podemos poner capuchinos helados y una tirolina. Eso reduciría drásticamente el presupuesto en un 18 %!", ha explicado mientras movía los dedos frenéticamente por la calculadora.

i¿CÓMO?! ¿"TIROLINA"? i¿Y si resulta que soy ALÉRGICA a las tirolinas?!...

¡YO, TENIENDO UNA REACCIÓN ALÉRGICA GRAVE A LAS TIROLINAS!

"Ah. Y ¿no sería muy cara una tirolina?", he dicho.

"Tranquila, si tenemos un presupuesto ajustado, podemos recortar aún más", ha contestado Zoey.

"Os seré sincera", he dicho. "¡No TENGO presupuesto! Bueno, aparte de los 8 dólares con 73 centavos que tengo escondidos en el cajón de los calcetines"...

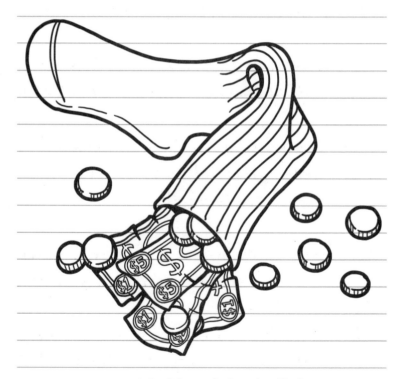

LOS AHORROS DE MI VIDA:
8,73 $ ESCONDIDOS EN UN CALCETÍN

Zoey me ha mirado y ha empezado a parpadear muy deprisa.

"¡MADRE MÍA! ¿El presupuesto de la fiesta son 8 dólares con 73 centavos?", ha susurrado. "A ver, ¡que no cunda el pánico! Con eso podríamos pagar, er..., los capuchinos helados. Bueno, de hecho con eso solo pagaríamos el HIELO de los capuchinos helados. Unas dos bolsitas. Pero por algo se empieza, ¿no?".

Menos mal que Zoey es una experta en fiestas de famosos ¡y ADEMÁS sabe hacer magia FINANCIERA!

Al final hemos decidido que sería muy divertido y emocionante montar una fiesta de temática hawaiana en una piscina GIGANTE.

Pero, a pesar del entusiasmo de mis BFF, yo he tenido de pronto un MAL presentimiento sobre la fiesta.

¡¿Cómo iba a celebrar una fiesta ÉPICA si no me alcanzaba para comprar más que dos bolsas de hielo?!

¡Iba a ser de PENA!

A menos que pudiera reunir el dinero para comprar todo el material necesario para la fiesta.

Podría optar por lo más responsable, que sería buscar un trabajo e intentar ganarme ese dinero. Pero me llevaría semanas o incluso meses.

Las situaciones desesperadas exigen medidas desesperadas.

Tendré que convencer a mis padres de que me paguen lo que me falta para poder montar una fiesta hawaiana bien guay.

Ya se sabe que tener una hija de mi edad sale MUY caro.

Pero NO es mi problema.

¡Mis padres deberían habérselo pensado ANTES de que yo NACIERA!

¡¡☺!!

¡BUENAS NOTICIAS! ¡☺! Chloe, Zoey

y yo ya hemos concretado todos los detalles de mi fiesta de cumpleaños hawaiana.

¡MADRE MÍA! ¡Va a MOLAR un montón! Lo que pasa es que sigue habiendo una pequeña complicación: el COSTE. Aunque suprimamos la tirolina y algunas cosas más, es más dinero del que tengo. Que, por cierto, sigue siendo solo 8 dólares con 73 centavos. ¡☹!

Pero mis BFF dicen que no me preocupe por esos detalles cuando ya están mis padres para pagar.

Al ser una fiesta hawaiana, hace falta agua (¡OBVIO!). A Zoey (mi coordinadora de actividades) se le ha ocurrido celebrarla en la piscina municipal recién inaugurada. El alquiler cuesta 250 dólares, pero no hay que pagar hasta tres días antes.

Hemos encontrado las invitaciones PERFECTAS en una tienda del centro comercial. Zoey ha insistido en prestarme lo que tenía ahorrado de sus canguros.

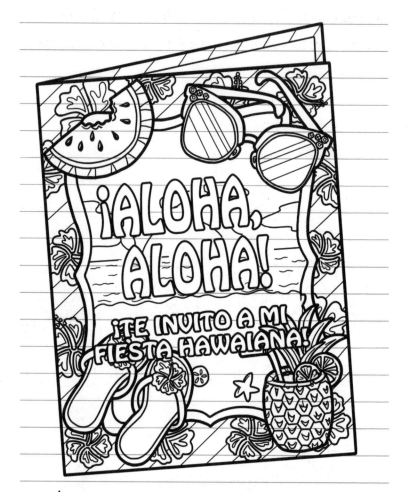

¡LAS INVITACIONES PARA MI FIESTA!

Pensaba invitar a unas veinte personas. Pero Chloe (mi coordinadora social) ha sugerido que, además de la gente de nuestro insti, Westchester Country

74

Day, invite también a mis amigos de la Academia Internacional North Hampton Hills y del South Ridge. ¡Total, que hemos acabado con una lista de cien invitados!

Lo de ayer en casa de Chloe preparando las invitaciones fue una PASADA de divertido...

¡CHLOE, ZOEY Y YO, PREPARANDO LAS INVITACIONES DE MI FIESTA!

Como mi fiesta iba a ser FABULOSA, Chloe
y Zoey pensaron que sería buena idea invitar
a algunas de las GPS.

Lógicamente, a mí no me entusiasmaba la idea, sobre
todo después de aquella pesadilla que había tenido.

Pero Chloe y Zoey me hicieron ver con razón que, si
NOSOTRAS queríamos poder ir luego invitadas a las
mejores fiestas del insti, nos convenía invitar a todo
tipo de compañeros.

¡Y también decidimos invitar a mi peor AMIENEMIGA!

¡SÍ! ¡MACKENZIE HOLLISTER!

Aunque no la invitábamos por ser amables.

Estábamos convencidas de que MI fiesta de
cumpleaños sería mejor que SU fiesta
de cumpleaños. Y cuando MacKenzie lo viera,
¡le entraría un ataque de ENVIDIA terrible
y sufriría una reacción INTENSA y DOLOROSA
en plena fiesta y delante de TODO EL MUNDO!...

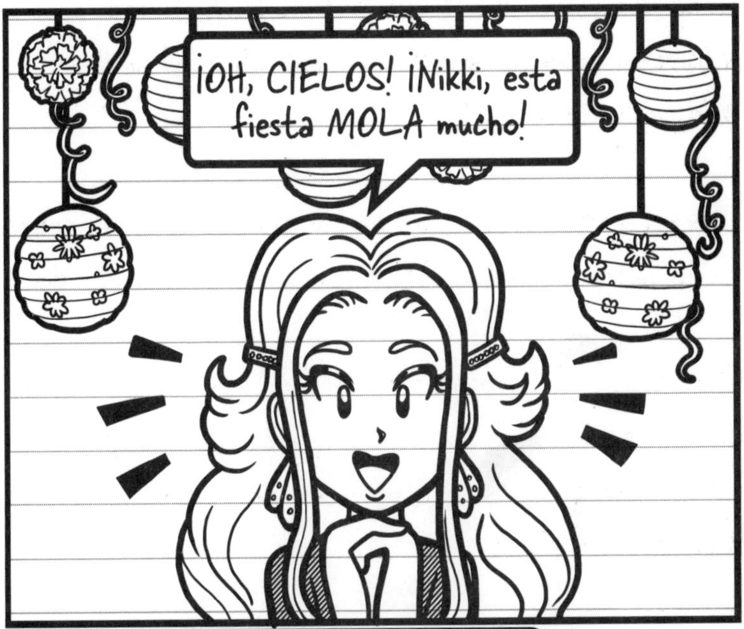
¡OH, CIELOS! ¡Nikki, esta fiesta MOLA mucho!

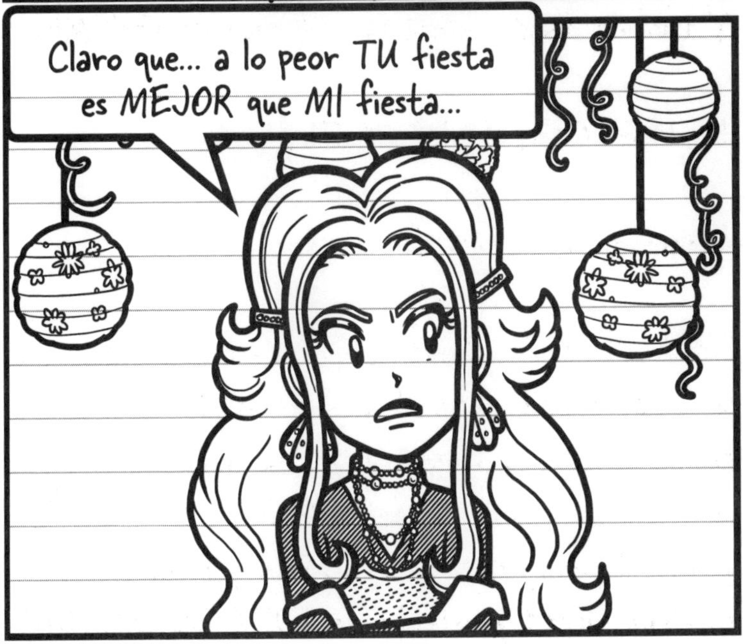
Claro que... a lo peor TU fiesta es MEJOR que MI fiesta...

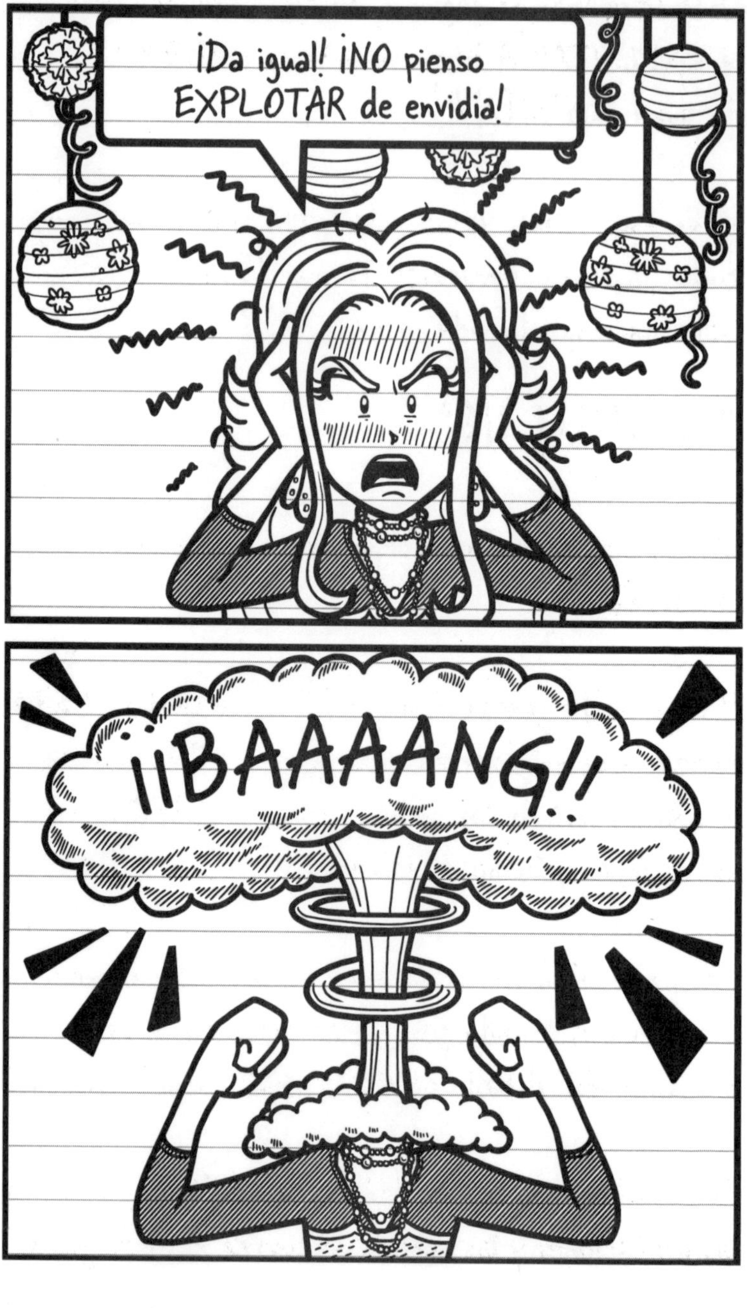
¡Da igual! ¡NO pienso EXPLOTAR de envidia!
¡¡BAAAANG!!

¡SÍ! ¡Estábamos seguras de que a MacKenzie le EXPLOTARÍA literalmente la CABEZA de pura ENVIDIA!

Y, de esa forma, ya no podrá decirnos ni hacernos todas las cosas perversas que nos hace y nos dice ¡para hacernos la vida IMPOSIBLE!

¡YAJUU! ¡¡☺!!

Sí, vale, exagero. Probablemente NO le explotará la cabeza.

Pero ¿qué te juegas a que MacKenzie sentirá tanta envidia y se enfadará tanto que los OJOS casi se le SALDRÁN de las órbitas como un SAPO con extensiones y brillo de labios?

¡Oye, que se lo he visto hacer un montón de veces! Por ejemplo, cuando gané el concurso de arte o cuando fui al baile de San Valentín con Brandon.

Cuando terminamos, quedamos en que Chloe guardaría las invitaciones y las echaría al correo el 16 de junio.

POR FIN empiezo a estar SUPERemocionada con lo de mi fiesta. ¡Ahora hasta tengo muchas ganas de que llegue!

¡Va a MOLAR un montón!

Con todas las dudas y el miedo que me daba montar un gran fiestón, ahora me alegro MUCHO de haber decidido hacerlo.

Estoy muy agradecida a Chloe y Zoey por todos sus ánimos y el esfuerzo que han puesto en los preparativos.

No podría haberlo hecho sin ellas.

¡Ahora solo nos falta encargar el pastel de cumpleaños, preparar la música y comprar las decoraciones para la fiesta!

Preparar una fiesta para un centenar de personas ha sido divertido, emocionante y MUCHO más fácil de lo que imaginaba.

En cuanto podamos tachar los últimos puntos de la lista, lo tendremos todo A PUNTO.

¡DOS semanas antes de la fiesta!

¡YAJUUUU! ¡☺!

¡Tanto FLIPAR DE MIEDO para nada!

¡Somos SUPERorganizadas y lo tenemos todo bajo control!

¡Oye! ¡¿QUÉ puede salir MAL?!

¡¡☺!!

RECORDATORIO: ¡Pedir a mis padres una bici nueva para mi cumple! Brianna me la ha cogido sin permiso y la ha dejado tirada DETRÁS de la furgocucaracha de mi padre. Cuando mi padre ha arrancado, ha pasado por encima y se ha doblado el cuadro, ¡y ahora las ruedas chirrían mucho cuando pedaleo! ¡☹! Para mi cumple TAMBIÉN me voy a pedir una hermana de recambio.

¡Hay que ver lo CONTENTA y emocionada que estaba esta mañana cuando me he despertado con lo de mi fiesta! No puedo pensar en nada más.

Ya he empezado a tachar días en un calendario que he pegado por dentro en la puerta de mi habitación.

Cuando he mirado el móvil, he alucinado al ver que había recibido... ¡veintisiete llamadas, cuarenta y nueve emails y cincuenta y cuatro mensajes!

Y TODOS eran sobre...

¡¡MI FIESTA DE CUMPLEAÑOS!!

Se ve que había corrido la voz y ahora TODO EL MUNDO hablaba de ella.

Y no me refiero solo a los compañeros del WCD. Los alumnos de North Hampton Hills y de South Ridge tampoco hablaban de otra cosa.

No tenía la menor idea de cómo habían descubierto lo de mi fiesta, porque aún no habíamos enviado las invitaciones.

Aunque SEGURO que tenía algo que ver con el hecho de que mi coordinadora social, Chloe, había colgado mi invitación en las redes.

¡Ya tenía 357 likes!

Y mi coordinadora de actividades, Zoey, había colgado otra del colorido jardín de flores de la piscina municipal. ¡Parecía realmente una isla tropical!

¡Ya tenía 310 likes!

¡MADRE MÍA!

Había gente que ni siquiera conozco SUPLICANDO que le enviara una invitación a MI fiesta.

He decidido celebrar una reunión de urgencia por Skype con Chloe y Zoey para comentar la situación...

¡YO, HABLANDO CON CHLOE Y ZOEY
POR SKYPE SOBRE MI FIESTA DE CUMPLEAÑOS!

Me inquietaba un poco que mi fiesta se hubiera
hecho tan famosa, pero Chloe y Zoey decían que era
bueno, porque significaba que la gente se moría de

ganas de asistir. Chloe me ha dicho que, como era mi
coordinadora social, le enviara todos los mensajes
que había recibido y ella ya los contestaría por mí.

Luego mis BFF me han preguntado si quería ampliar
la lista de invitados a ciento cincuenta personas.
O, ¿por qué no?, ¡¡la doscientas!!

Yo he dicho: "¡Gracias! ¡Pero va a ser que NO! ¡¡Ni
siquiera creo que CONOZCA a doscientas personas!!".

Pero nuestra conversación se ha visto interrumpida
por una videollamada de Brandon en el móvil.

¡YAJUUUUUU! ¡☺!

Mis BFF y yo hemos aplazado nuestra conversación
para que pudiera hablar con Brandon. Chloe y Zoey me
han dicho que me harían un Skype al cabo de diez
minutos para que pudiéramos acabar de hablarlo todo.

"¡Hola, Brandon!", he dicho mientras me alisaba
el pelo, no fuera a ser que pareciera que acababa
de meter el dedo en un enchufe.

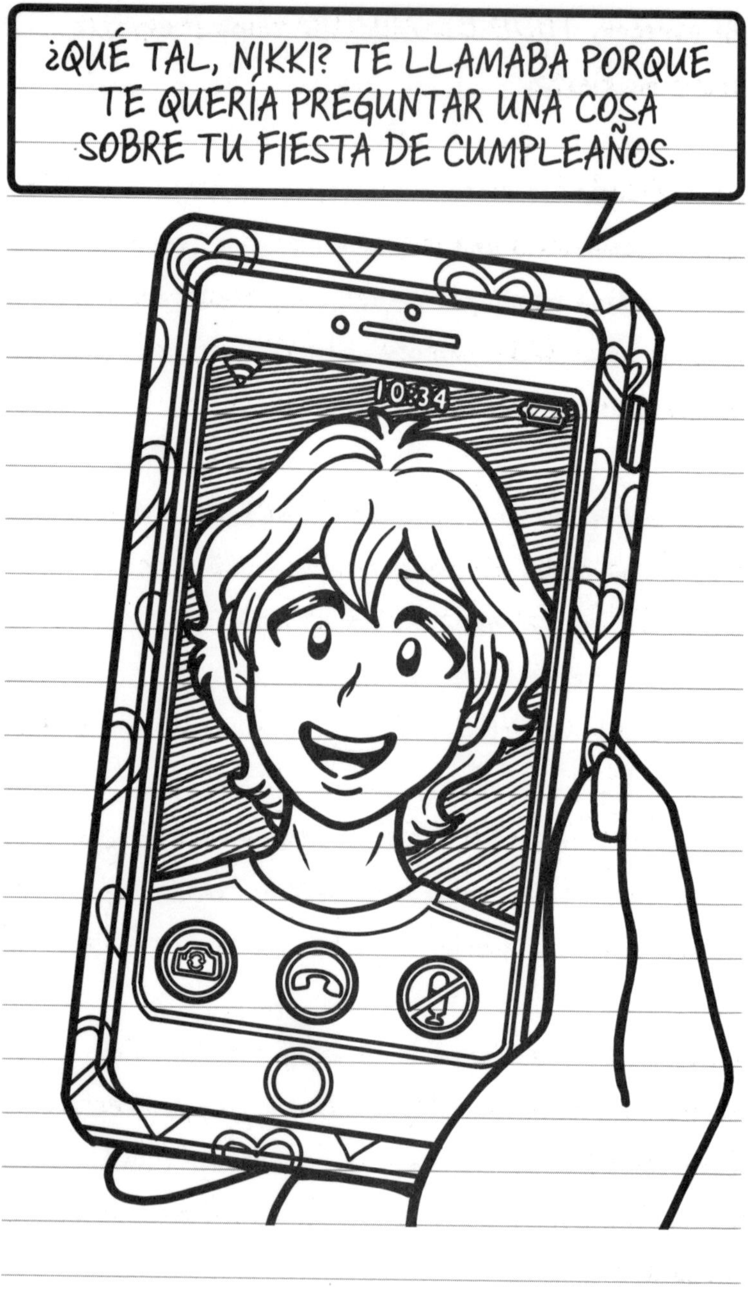
¿QUÉ TAL, NIKKI? TE LLAMABA PORQUE TE QUERÍA PREGUNTAR UNA COSA SOBRE TU FIESTA DE CUMPLEAÑOS.
10:34

Al parecer, TODO EL MUNDO tenía preguntas
sobre mi fiesta.

He dedicado los cinco minutos siguientes a contarle
que el tema sería una isla hawaiana, que se celebraría
en la piscina municipal y que Zoey había previsto
muchas actividades molonas. También le he dicho que
enviaremos las invitaciones por correo el 16 de junio.

"La verdad es que todo eso ya lo he visto en las
redes", ha dicho sonriendo. "No se habla de otra
cosa. ¡Tu fiesta pinta muy divertida!".

"¿Qué? ¿He resuelto todas tus dudas?", le he dicho.

Entonces se ha apartado nervioso las greñas del
flequillo y se ha medio sonrojado. "Bueno, la verdad
es que lo que te quería preguntar era si querrás que...".

Una llamada de Skype le ha interrumpido. He
supuesto que serían Chloe y Zoey y he contestado
para decirles que volvieran a llamar en cinco
minutos. Pero no, ¡menuda SORPRESA cuando he
visto a...!

"¡AH, OH!", he balbuceado sorprendida. "¡Hola, André! ¿Qué tal?".

¡MADRE MÍA! ¡Me he quedado de PIEDRA! Y un poco... er... ¡FLIPADA!

¡¿QUE POR QUÉ?!

Porque estaba hablando con BRANDON en el móvil y con ANDRÉ en el portátil.

¡¡CON LOS DOS A LA VEZ!! ¡¡☹!!

¡Con lo que me costaba hablar con UNO de ellos A SOLAS, imagínate JUNTOS!

Bueno, mientras no se vieran ni se oyeran el uno al otro, podría colgarles a los DOS a la vez. Y luego ya les llamaría por separado fingiendo que se había cortado su respectiva llamada.

Me ha parecido un plan ingenioso para salir de una situación bastante incómoda. Pero, para mi mala suerte, resulta que los dos se estaban VIENDO y OYENDO. ¡¡GENIAL!! ¡¡☹!!

Transcribo aquí su conversación:

ANDRÉ: ¡¿Brandon?! ¿Eres tú? Espero no interrumpir nada importante, aunque, conociéndote, lo dudo bastante.

BRANDON: Pues mira, André, ¡la verdad es que sí que INTERRUMPES! ¡Como siempre! Y sería GUAY que te fueras a interrumpir a otra parte.

ANDRÉ: Huy, cuánto lo siento, Brandon. Ya llamaré a Nicole después. Cuando ella acabe de hacerte de NIÑERA y tu madre te ponga a echar la siesta.

BRANDON: Primero: ¡NO se llama Nicole, se llama NIKKI! Segundo: ¡¿que me hace de NIÑERA?! ¡Tío, necesitas un espray para el aliento! De tanta BASURA que sueltas por la BOCA, ¡te APESTA tanto que puedo olerla desde AQUÍ!

ANDRÉ: ¿Sabes qué pasa, Brandon? ¡Que esa peste debe salir del PAÑAL que llevas puesto!

YO: ¡YA ESTÁ BIEN! ¡¿No podéis ni siquiera FINGIR que NO sois unos niños MALCRIADOS de tres años y hacer un ESFUERZO para llevaros bien?!

BRANDON: A mí no me lo digas. ¡Ha empezado ÉL!

ANDRÉ: ¡No! ¡Ha empezado ÉL y lo he acabado YO!

BRANDON: ¡No, señor!

ANDRÉ: ¡Sí, señor!

BRANDON: ¡NO, SEÑOR!

ANDRÉ: ¡SÍ, SEÑOR! ¡Lo siento, Nicole! Llamaba para preguntarte una cosa importante sobre tu fiesta. Está en todas las redes.

BRANDON: ¡Que no se llama NICOLE! ¿Por qué insistes, chaval? En fin, NIKKI, antes de que NOS interrumpiera de forma tan maleducada el señor Pañalitosis, te quería preguntar una cosa.

YO: Mirad, los DOS estáis invitados a mi fiesta. Aunque, después de esto, debería pensármelo. ¡Quizás a vosotros os dejo en alguna GUARDERÍA de camino a la fiesta! Bueno, al final, ¡¿CUÁL es la PREGUNTA?!...

¡YO, CASI MUERTA CUANDO BRANDON Y ANDRÉ ME HAN PREGUNTADO LO MISMO!

¿Que QUÉ he hecho? ¡Casi me da un INFARTO del PÁNICO que me ha dado! Y me he puesto a MENTIR como una bellaca...

"¡Chicos, chicos! ¡Las dos conexiones van FATAL! ¡Es que no oigo casi nada de lo que decís! ¡TSSSSSSSSSSS! ¿Lo oís? ¿Oís todo ese ruido? ¡TSSSSSS! Os tengo que dejar porque ¡TSSSSSS! Lo siento, pero parece que se van a cortar las dos llamadas. ¡TSSSSSS! Tendré que llamaros después. ¡ADIÓS! ¡TSSSS!

¡CLIC!, he cortado la llamada de Brandon en el móvil.

¡CLIC!, he cortado la llamada de André en el portátil.

¡Sí, lo sé! ¡Fingir ruidos y que se corta la llamada ha sido deshonesto, inmaduro y patético!

Pero ¡¿QUÉ iba a hacer cuando se estaban peleando y encima me han puesto en una situación tan difícil?!

Además, NINGUNO de ellos se MERECE ser mi pareja en mi fiesta de cumpleaños.

Por mucho que me guste Brandon, me parece HORRIBLE la forma en que él y André se relacionan cada vez que se encuentran. ¡Son unos INMADUROS!

¡Casi siempre me parece que SOY su NIÑERA! ¡Y que a los DOS hay que mandarlos al RINCÓN de pensar!

Y yo tengo cosas mucho más importantes que hacer que arbitrar en sus BATALLITAS de niños MALCRIADOS.

Bueno, lo que queda claro es que todos están SUPERemocionados con lo de mi fiesta. Pero AÚN tengo que convencer a mis padres de que me la paguen.

Mis BFF me van a llamar por Skype en cualquier momento. Si de verdad queremos que la fiesta se haga realidad, tenemos que encontrar un presupuesto que mis padres NO puedan rechazar.

¡CRUCEMOS LOS DEDOS!

¡¡☺!!

JUEVES, 12 DE JUNIO

¡MADRE MÍA! ¡El PLAZO de inscripción para el viaje a PARÍS era ayer a medianoche! ¡No puedo creer que CASI lo olvido por completo!

Me acosté hacia las 21:30, pero, exactamente a las 23:55, me desperté con sudores fríos y me acordé de pronto de que no había enviado el formulario con el permiso de los padres.

Mis padres lo habían firmado hacía quince días, y yo ya lo había escaneado y adjuntado a un email. Pero nunca le di al botón enviar.

Lo más FLIPANTE es que anoche me senté delante del ordenador y me quedé mirando la pantalla durante, no sé, ¡una ETERNIDAD!

Supongo que AÚN no estaba segura de si quería pasar el mes de julio en París o de gira con los Bad Boyz.

Sin embargo, a las 23:59, me decidí POR FIN...

¡YO, CERRANDO MIS PLANES ESTIVALES!

Todavía NO se lo voy a decir a mis amigos. Quiero anunciárselo con tranquilidad y a todos a la vez. A lo mejor con una pizza o con cupcakes por medio.

Total, hoy tenía pensado hablar con mi madre por lo del dinero para mi fiesta de cumpleaños, y le he dado un papel donde había impreso, perfectamente desglosado, el presupuesto que había preparado con mis BFF.

"Mira, mamá, una lista de todo lo que necesito para mi fiesta de cumpleaños. Y SOLO sube a, er..., 500 dólares".

He sonreído nerviosa...

YO, ENSEÑANDO EL PRESUPUESTO DE LA FIESTA

Mi madre ha cerrado el libro y ha puesto la misma cara que pondría si le pidiera la tarjeta de crédito porque voy a escaparme con el circo.

"¡¿500 dólares?!, ¿En serio, Nikki?", ha gemido. "¿De verdad NECESITAS alquilar una PISCINA?".

"¡Espera, porfa! ¡Antes de decir que no, piénsatelo!", le he dicho. "Es mucho MENOS de lo que se gastan algunos compañeros del insti en SUS fiestas de cumpleaños, ¡MacKenzie celebró la suya en el club de campo!".

"¡Pero tú NO eres MacKenzie!", ha exclamado mi madre. "Estoy segura de que su conjunto de yoga cuesta MÁS que mi COCHE! Creo que una fiesta en el patio podría ser muy divertida y ¡mucho MENOS cara!".

En una cosa mi madre tenía razón. Pero NO en lo de que una fiesta en el patio sería divertida y más barata.

¡Yo YA había llegado antes a la conclusión de que el conjunto de yoga de MacKenzie costaba MÁS que su COCHE!

¡Mi madre no veía que mi fiesta era un acontecimiento MUY importante! Según Chloe y Zoey, podía SALVAR o HUNDIR nuestra reputación el curso que viene.

"Mira, Nikki, ¿qué te parece si este año montamos una fiesta más pequeñita y ahorramos para una grande el año que viene?", ha sugerido mi madre. "Yo ya te había preparado un presupuesto. No será una fiesta cara en una piscina, pero ya verás como os DIVERTÍS igual".

Y entonces me ha dado una nota escrita a mano...

Fiesta de cumpleaños de Nikki

Pizza	45 $
Cola a granel	5 $
Pastel	20 $
Helado	10 $
Artículos de fiesta	10 $
Decoraciones	10 $
Total	100 $

¡¿Cómo era posible que mi PROPIA madre SOLO quisiera gastarse 100 dólares en mi fiesta?!

¡La última fiesta de cumpleaños de Brianna costó al menos 300! ¡Claro que casi todo se fue en pagar a la pizzería Queasy Cheesy los platos rotos y otros daños!

¡BRIANNA, LA BESTIA DE LAS FIESTAS!

Intenté explicarle a Brianna que, aunque fuera
la cumpleañera, no podía subirse a la mesa y ponerse
a cantar y bailar como si fuera Taylor Swift
o vete a saber quién.

Pero no me hizo caso.

Por suerte no se hizo nada cuando volcó la mesa
y acabó aterrizando sobre el Ratón Queasy, que
estaba sirviendo pizza en la mesa de al lado. Cayó
sobre él con tanta fuerza que le saltó la nariz de
plástico por los aires.

¡MADRE MÍA! ¡La VERGÜENZA que pasé!

En fin, que mi madre ha sugerido que las dos
repasemos nuestros presupuestos para poder volver
a hablarlo mañana.

¡Lo siento, mamá! ¡Pero NO necesito volver a mirar
tu estúpido y cutre presupuesto! ¡NO saldría bien!

¡¡☹!!

El presupuesto de mi madre de 100 dólares para la fiesta no podía funcionar. Eso nos lo gastábamos Chloe, Zoey y yo en UNA sola tarde en pizza, entradas de cine, palomitas, refrescos y chuches.

Cuando mi madre ha llegado del trabajo yo estaba esperándola en la puerta de casa.

"Mamá, ¡no puedo montar una fiesta hawaiana con solo 100 dólares!", he gemido. "¿Y qué hago con la música? ¡Seguro que el DJ ya me costaría más!".

"¿Y qué te parecería tener en tu fiesta música en DIRECTO en lugar de un DJ?", ha dicho mi madre.

¡No podía creer lo que oía!

"¡¿En serio?!", he gritado encantada. "¡Mamá, sería genial! Ya teníamos apuntadas tres bandas que habían recomendado Chloe y Zoey.
Me pondré en contacto con ellas para ver si están disponibles".

"Bueno, lo que había pensado era pedírselo
a la señora Wallabanger", ha dicho mi madre.

"¡¿Quieres que la señora Wallabanger escriba a las
bandas?!", he preguntado sin entender nada.

"¡No, Nikki! La señora Wallabanger va a clases de
acordeón y se ha ofrecido a poner la música para
tu fiesta ¡GRATIS!", me ha contado. "Y lo mejor
es que vendrá acompañada por dos señoras de su
clase de danza del vientre. ¿A que es un gesto muy
AMABLE?".

"¡Mamá, ¿estás LOKAAA?!", he chillado. "¡Yo
quiero una fiesta de PISCINA guay! ¡No una
ESTÚPIDA fiesta de VIEJAS moviendo el
ombligo al ritmo del acordeón!".

Pero solo lo he dicho en el interior de mi cabeza
y nadie más lo ha oído.

Solo de pensar en nuestra anciana vecina y sus
amigas actuando en MI fiesta delante de todos mis
AMIGOS me han dado arcadas...

¡LA SEÑORA WALLABANGER Y SUS
BAILARINAS DE DANZA DEL VIENTRE! ¡☹!

¡MADRE MÍA! Me he enfadado TANTO con mi madre que he subido a mi habitación y he dado un portazo.

Pero no he podido tener ni un SEGUNDO de privacidad porque al cabo de un minuto Brianna ha entrado a saco sin siquiera llamar a la puerta.

Me ha dado un dibujo, por llamarlo de alguna manera, de un pastel de cumpleaños.

¡¿EL PASTEL DE BRIANNA PARA MI CUMPLEAÑOS?!

"¡Hola, Nikki, mira! ¡Te puedo hacer un pastel de cumpleaños para la fiesta! ¡Llevará TODAS tus comidas favoritas y solo te costará 200 dólares! ¿Quieres encargarlo ya?".

¡SÍ! Mi hermanita Brianna, que casi no sabe ni prepararse un cuenco de cereales con frutas, se acababa de ofrecer para prepararme el PASTEL DE CUMPLEAÑOS para MI fiesta.

"¡Brianna, mi comida favorita es la pizza, el helado, el sushi, las tortitas, la sopa de almeja y los caramelos de colores. ¡Ya me dirás QUÉ pastel sale de ahí!".

"Pues no lo sé", ha contestado encogiéndose de hombros. "¿¡Un pastel muy RARO pero BUENÍSIMO?!".

¡Su BROMA no me ha hecho la menor gracia!

¡Mi fiesta y yo NO estamos para bromas!

"Brianna, no puedes mezclar un montón comidas distintas así como así. Tu EXTRAVAGANTE pastel de cumpleaños podría provocar como mínimo un caso LEVE de INTOXICACIÓN y un caso GRAVE de DIARREA. ¿Qué quieres que haga? ¡¿Que reparta medicamentos antidiarreicos y vales para lavados de estómago en mis bolsitas de obsequios de la fiesta?!", le he chillado.

Pero lo peor de todo es que mi propia hermana ¡me estaba pidiendo el abusivo precio de 200 dólares por un pastel NAUSEABUNDO con SABOR a "pizza-helado-sushi-tortitas-sopa-de-almeja-y-caramelos-de-colores"!

¡Con solo CUATRO velitas! ¡Menuda ESTAFA! ¡Increíble!

¡Desde luego, los niños de hoy día! ¡Ya no hay honradez!

También es cierto que ¡no querría el pastel de mi hermana ni REGALADO!

Ayer Brianna me hizo una galleta especial para mí.

Lo que pasa es que no parecía una galleta al horno, parecía más bien un pegote chamuscado.

De hecho, parecía un pegote que ella misma había despegado del suelo de la jaula de los monos del zoo de Westchester. ☹.

¡MADRE MÍA! La sola idea de estar bajo el mismo techo que la galleta de Brianna me da náuseas...

¡PUAJ!

LA NAUSEABUNDA GALLETA DE BRIANNA

Se la agradecí para ser amable pero, en cuanto salió de la cocina, tiré la supuesta galleta directamente a la basura.

Al cabo de más o menos una hora sorprendí a Daisy masticando felizmente algo que había sacado del cubo de la basura.

¡¡LA GALLETA DE BRIANNA!! ¡¡☹!!

Intenté detenerla, ¡pero era demasiado tarde! Se había comido hasta la última miga.

"¡NO, NO, DAISY! ¡ESO NO SE HACE!", la reñí.

Y justo entonces Brianna entró corriendo en la cocina para ver qué era todo aquel jaleo.

Cuando le expliqué lo que había pasado, Brianna se quedó muy decepcionada.

Sorbió por la nariz con tristeza y masculló: "Bueno, al menos mi galleta le ha gustado a ALGUIEN".

A Daisy le gustó la galleta de Brianna. Pero también le gusta comer basura y beber agua del váter.

Aunque me daba un poco de pena mi hermanita, la basura y su galleta tienen mucho en común. ¡Las dos cosas son ASQUEROSAS y hay que ENTERRARLAS en un VERTEDERO para proteger la salud PÚBLICA!

Por ESO es tan MALA idea que Brianna me prepare el pastel para MI cumpleaños.

Entre el presupuesto CUTRE y penoso de mi madre para la fiesta, el acordeón de la señora Wallabanger y sus ancianas bailarinas del vientre y el pastel nauseabundo de Brianna, mi fiesta iba a ser un...

¡DESASTRE MAYÚSCULO!

¡¡¿Cómo se supone que celebraré una fiesta hawaiana con PISCINA incluida en nuestro patio cuando no tenemos PISCINA?!! ¡Tendré que HUMILLARME y meterme en mitad de la fiesta en la PISCINITA inflable de la Princesa Hada de Azúcar de Brianna!...

¡YO, HUMILLÁNDOME EN LA PISCINITA
INFLABLE DE LA PRINCESA HADA
DE AZÚCAR DE BRIANNA!

¡GRACIAS, MAMÁ!

Acaba de ocurrir lo que más TEMÍA que ocurriera desde que empecé a preparar la fiesta.

¡¡Creía que la persona que se iba CARGAR uno de los días más FELICES de mi vida sería mi AMIENEMIGA!!

Pero mi propia MADRE ha conseguido ella solita convertir MI fiesta de cumpleaños en una completa...

¡PESADILLA!

¡Y todo es por TU culpa!

¡¡☹!!

RECORDATORIO: ¡Los cutres de mis padres también han decidido que una bici nueva para mi cumpleaños es demasiado dinero! Me han dicho que piense en otra cosa. ¡¡Les voy a pedir una LATA DE LENTEJAS!! ¡Lo digo muy en SERIO! ¡☹!

¡GENIAL! ¡☹!

¡Casi no he dormido en toda la noche!

Y ahora mismo estoy FLIPANDO DE MIEDO.

¿QUÉ POR QUÉ?

Porque tengo demasiados problemas.

Primero: necesito desesperadamente 500 dólares para pagar mi fiesta de cumpleaños hawaiana.

Segundo: la mujer que me parió (sí, mi PROPIA madre) ha SECUESTRADO mi fiesta y la ha convertido en una fiesta superCUTRE de acordeón y danza del vientre para la tercera edad.

Tercero: tengo que decirles a Chloe y Zoey que me estoy pensando mucho lo de la fiesta.

Cuarto: empiezo a sentirme un poco culpable porque aún no les he dicho ni a mis BFF ni a Brandon que me iré a París en lugar de ir de gira con los Bad Boyz y nuestra banda Aún No Estamos Seguros.

¡¿Y si se ENFADAN conmigo?! ¡Podría estar ARRUINANDO nuestra amistad!

Hasta ahora habría respondido a estos problemas como una alumna de secundaria INMADURA pillando una LLORERA monumental y GRITANDO. Pero, ahora que soy mayor y más madura, intento mantener la calma.

Para empezar, he aplicado un poco de pensamiento positivo y he analizado atentamente mis opciones.

Luego, buscando mi paz interior, he hecho algunos ejercicios de respiración.

Por último, para relajarme, he tomado una ducha bien larga y caliente.

Y, después de TODO eso,...

¡...HE PILLADO UNA LLORERA MONUMENTAL Y HE GRITADO HASTA QUEDARME SIN VOZ!!

Gritar en la ducha me ha ido bien y hasta me he sentido más positiva y con mayor control sobre mi vida.

Hasta que he visto a mi madre en el pasillo y me ha puesto al día de sus preparativos para la fiesta...

YO, COMPLETAMENTE ASQUEADA CON MI FIESTA

¡Lo siento! ¡Pero simplemente NO PUEDO...!

No me parecía HUMANAMENTE posible que
mi fiesta se volviera aún MÁS SURREALISTA
de lo que ya era.

Pero, gracias a mi madre, ¡acababa de HACERLO!

Ahora ya no tendría a DOS señoras ancianas
bailando la danza del vientre al son del
acordeón de la señora Wallabanger. ¡¡¿Tendría a
VEINTICUATRO?!!

¡¡¡AAAAAAAAAAHHH!!!

¡Esa era yo GRITANDO! ¡Otra vez!

Mi fiesta de cumpleaños queda oficialmente...

¡CANCELADA!

¡☹!

DOMINGO, 15 DE JUNIO

A mis BFF les hacía mucha ilusión mi fiesta de cumpleaños.

Por eso sabía que se sentirían muy decepcionadas cuando supieran que la había cancelado.

Les he dejado el siguiente mensaje en los móviles...

"Tengo malas noticias. ¡Mi fiesta queda oficialmente CANCELADA! Por mucho que me encantaría pasar mi cumpleaños celebrándolo con mi familia y mis amigos, ¡creo que me encerraré en mi habitación, me pondré el pijama y me sentaré en la cama, MIRANDO la pared y COMPADECIÉNDOME! Espero que lo entendáis".

¡En lugar de un gran fiestón de cumpleaños, pensaba celebrar una gran FIESTA DE LÁGRIMAS! ¡☹!

¡Espera! ¿Para qué esperar? Me sentía tan FATAL que he decidido ya mismo empezar mi sesión de MIRAR la pared y COMPADECERME...

YO, COMPADECIÉNDOME EN MI HABITACIÓN
SOBRE LA FIESTA CANCELADA ¡☹!

Lo cual, no sé por qué, ¡siempre me hace sentir mucho mejor! ¡☺!

Pero mis planes lastimeros se han visto totalmente FRUSTRADOS cuando me han llamado Chloe y Zoey.

"¡OH, CIELOS, Nikki! Acabamos de recibir tu mensaje. ¡Te estás estresando un montón con esta fiesta! ¡RELÁJATE!", ha dicho Zoey.

"Sí, Nikki. ¡Zoey y yo lo tenemos controlado! Nos encargamos de TODO. Tú solo tienes que presentarte en la fiesta. ¡Deja de preocuparte!", ha añadido Chloe.

"¡Es que no sabéis cómo se han complicado las cosas!", he gemido. "¡Mi madre se ha metido por medio y ha convertido la fiesta en un DESASTRE total!".

"¡Calma! ¡Seguro que la situación no es tan mala como parece!", ha exclamado Zoey.

"Os agradezco muchísimo lo que habéis hecho hasta ahora, de verdad, pero creo que esta fiesta es muy MALA idea", he susurrado.

"¡Nikki, escucha!", ha dicho Zoey. "Ponte ropa SUPERcómoda. ¡Tenemos la actividad perfecta que te librará de toda tu energía NEGATIVA!".

"¡Sí, y ya verás como después te sentirás tranquila, feliz y TOTALMENTE relajada! Llegamos dentro de diez minutos", ha dicho Chloe.

"¡Sois las mejores amigas del MUNDO!", he exclamado.

No sabía qué preparaban, pero ya empezaba a sentirme mucho mejor. Tenía MUCHAS ganas de...

Quedarnos en mi habitación devorando litros y litros de helado de galleta hasta que rodáramos por el suelo riendo como histéricas de todos mis problemas.

Relajarnos en el spa mientras nos miman poniéndonos mascarillas de chocolate y haciéndonos mani-pedis mientras comemos fresas.

Ir a Dulces Cupcakes para ponernos MORADAS

a base de DELICIOSOS cupcakes de terciopelo
rojo con crema de queso.

¡PUES NO! Para ayudarme a RELAJARME,
mis amigas me han llevado a una larga e intensa...

¡CARRERA POR EL PARQUE!...

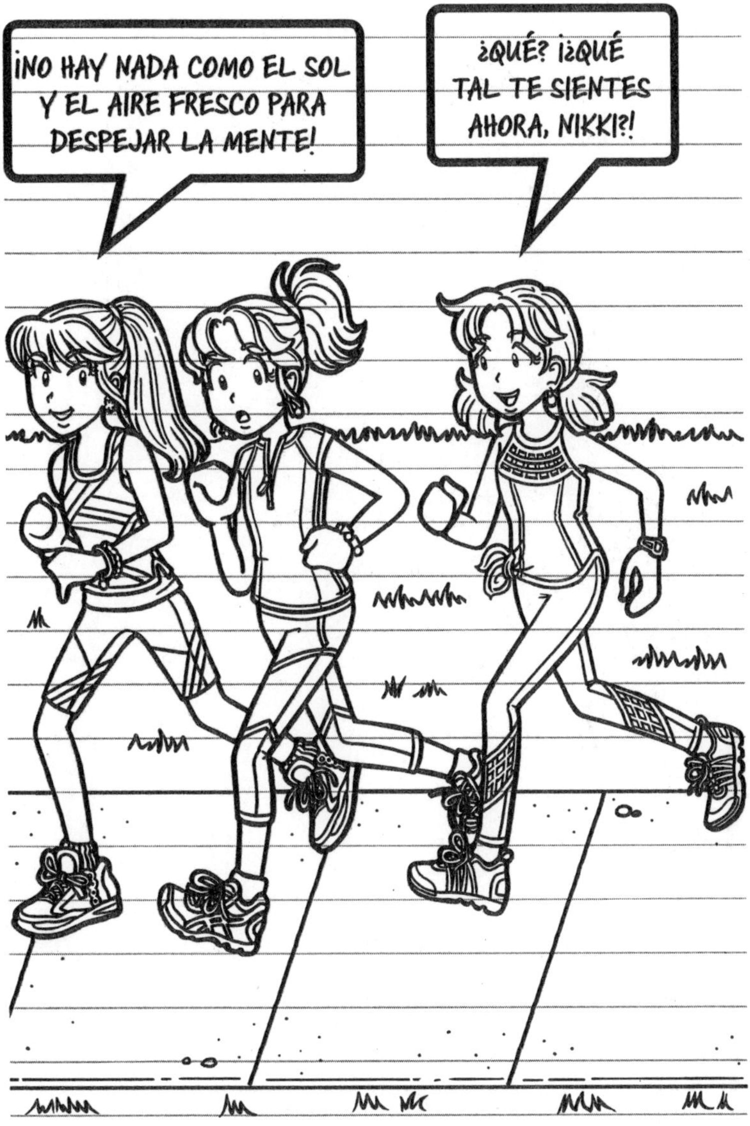
¡NO HAY NADA COMO EL SOL Y EL AIRE FRESCO PARA DESPEJAR LA MENTE!
¿QUÉ? ¡¿QUÉ TAL TE SIENTES AHORA, NIKKI?!

¡MIS BFF Y YO, AL ACABAR LA CARRERA!

Las quiero mucho, pero una carrera de echar el hígado por la boca NO era precisamente lo que imaginaba.

Ha agravado aún más una situación de por sí GRAVE.

Ahora, además de haber cancelado mi fiesta,
¡tenía el estómago ardiendo, me dolía cada
centímetro de mi cuerpo y estaba mareada
y a punto de vomitar!

"¡Nikki, SIEMPRE nos tendrás a tu lado! ¡Pase
lo que pase!", ha dicho Zoey.

"Venga, cuéntanos qué pasa", ha añadido Chloe.

Y las dos me han dado un gran abrazo.

¡MADRE MÍA! ¡En ese momento me sentía tan
triste y frustrada que casi rompo a llorar!

¡AY, AY! Creo que debería dejar de escribir para ir a
ver a Brianna. Huele como si hubiera vuelto a cocinar.
¡Tendré que acabar de contarlo en otro momento!

¿Por qué no seré hija ÚNICA?

¡¡☹!!

Ayer dejé el diario en el punto en el que Chloe y Zoey me preguntaban POR QUÉ quería cancelar mi fiesta. Había TANTAS razones que no sabía por dónde empezar.

"Bueno, mi madre se ha puesto a planear cosas, ¡y todas sus ideas dan bastante ASCO! Quiere que la celebremos en el patio. ¡Pero ya me diréis cómo monto una fiesta hawaiana sin agua! No tendría ninguna gracia. Por eso he decidido cancelarla. Desde el principio sabía que no era buena idea montar esta fiesta. ¿En QUÉ estaba pensando?", gruñí.

"¡HALA, HALA! ¡Para, Nikki, cálmate!", dijo Chloe agarrándome por los hombros. "¡No digas eso! Los cumpleaños son importantes! ¡Es el único día del año en el que UNA es la única protagonista!".

"Tiene razón", dijo Zoey. "Una celebración de cumpleaños es demasiado especial para cancelarla así como así. Si estamos en esto juntas seguro que lo solucionamos todo. Va, danos más detalles".

"¡Muy bien! Si insistís...", gimoteé. "Para empezar, mi madre ha recortado el presupuesto a 100 dólares!".

"¡BUF! ¡Eso sí que es SUPERajustado!", dijo Zoey. "No llega ni para patatas fritas!".

"Aún hay más", continué. "Brianna quiere prepararme el PASTEL. ¡Y me temo mucho que mi madre le dejará hacerlo con tal de ahorrar dinero!".

"¡Qué DULCE!", exclamó Chloe.

"¡A mí me parece muy CUCO que Brianna te quiera hacer el pastel de cumpleaños!", se rio Zoey.

Las fulminé con la mirada. "NO si es un pastel con SABOR a 'pizza-helado-sushi-tortitas-sopa-de-almeja-y-caramelos-de-colores'! Porque ESO es exactamente lo que piensa preparar".

"¡PUAJ!", soltaron las dos entre arcadas.

Solo de pensarlo a mí también me dieron arcadas...

¡BRIANNA, PREPARÁNDOME EL PASTEL!

"¡MADRE MÍA! ¡¿Creéis que un pastel con todos esos ingredientes surrealistas sería seguro para el consumo humano?!", se preguntó Zoey en voz alta.

"¡Y ni pensar lo que te COBRARÍAN las urgencias del hospital después de tu fiesta!", dijo Chloe preocupada.

"¡Pues Brianna tampoco es lo PEOR de todo!", he soltado furiosa. "En lugar de banda en directo o DJ, mi madre quiere que nuestra anciana vecina la señora Wallabanger ponga la música y la actuación de las bailarinas que la acompañan. A mi madre le encanta la idea porque es GRATIS, ¡claro!".

"¡¿AH, SÍ?!", exclamó Chloe. "No sabía que la señora Wallabanger tenía una banda. ¿Y qué toca? ¿Y las bailarinas de qué son, de hip-hop o de baile de calle?".

"¡Ahí está el problema!", gruñí. "¡La señora Wallabanger toca la polca con su acordeón!".

"¡¿La POLCA?!", exclamaron Chloe y Zoey. "¡¿Con ACORDEÓN?!".

"¡Y la acompañan 24 bailarinas de danza del vientre, incluidas sus amigas Mildred y Marge!".

"¡¿DANZA DEL VIENTRE?!", repitieron casi sin aire.

"¡AY, MADRE!", gritó Zoey. "¡Cualquiera de las cosas que has dicho por sí sola sería un punto AGUAFIESTAS! ¡Nikki, me temo que tu fiesta acabará completamente INUNDADA!".

"¡Pienso lo mismo! ¡Y tener a esas abuelitas bailando podría ser PELIGROSO!", dijo Chloe preocupada.

"¡¿Peligroso por qué?!", pregunté. "¿Quieres decir que alguna podría caerse y romperse la cadera?".

"¡No! Peligroso porque tu fiesta podría acabar siendo popular en las redes como '¡LA PEOR FIESTA DEL MUNDO!'", me advirtió Zoey.

"La gente cuelga vídeos de fiestas CUTRES para burlarse", se lamentó Chloe. "¡Eso no se supera NUNCA! Socialmente, es una sentencia de MUERTE!".

Claro que quería tener una fiesta de cumpleaños.

¡Pero lo ÚLTIMO que quería era hacerme famosa como la chica PATÉTICA que montó LA PEOR FIESTA DEL MUNDO! ¡Menuda VERGÜENZA! ☹...

130

¡TODO EL MUNDO RIÉNDOSE DE MÍ
Y CHISMORREANDO SOBRE
MI PATÉTICA FIESTA!

Chloe y Zoey me miraron en silencio y luego se
miraron la una a la otra.

131

"¡Bueno, solo puedes hacer UNA cosa!", musitó Zoey forzando una sonrisa.

"Sí. Creo que las DOS estamos pensando lo mismo", dijo Chloe.

Yo no sabía qué estaban pensando. Pero, teniendo en cuenta toda su experiencia, estaba CONVENCIDA de que podrían salvar mi fiesta.

¡Sabía que SIEMPRE puedo contar con mis BFF! ¡☺!

"Pues bien, Chloe y Zoey, ahora que ya habéis oído todos mis problemas, ¿qué creéis que debería hacer?", les pregunté esperanzada.

¡Y su respuesta me dejó de pasta de boniato!

"¡CANCELA LA FIESTA!",
exclamaron al unísono.

"¡¿CÓMOO?!", dije alucinada. "¡¿Estáis seguras?!".

"¡Esto no tiene REMEDIO!", gimió Zoey.

"¡Tu fiesta será un DESASTRE!", suspiró Chloe.

Verlas a ELLAS tan afectadas me afectó aún más a MÍ. Mis BFF parecían tan tristes que creí que iban a romper a llorar.

"¡Lo sentimos mucho, Nikki!", sollozó Zoey.

"A lo mejor podemos montarte una fiesta el año que viene", susurró Chloe.

"¡Venga, abrazo de grupo!", dije estampándome una sonrisa falsa en la cara. "¡A PASEO con la fiesta!".

Pero mientras salíamos del parque me invadió el desánimo y tuve que contener las lágrimas.

Cuando empecé a ir al WCD, casi se podía decir que era una marginada, y no quiero revivir aquel HORROR NUNCA MÁS. Pero en algún momento lo que se supone que era celebrar el cumpleaños con amigos se TERGIVERSÓ y acabó siendo una estúpida competición de popularidad y una excusa para ser mezquinos en las redes sociales.

Es muy triste, pero es así: ¡a veces los compañeros son muy CRUELES!

¡☹!

¡Ahora que ya había cancelado la fiesta, esperaba sentirme feliz, aliviada y satisfecha por haber evitado por los pelos un DESASTRE ÉPICO!

Pero no, justo al contrario: hoy me sentía hecha polvo, decepcionada y deprimida.

Y que Chloe me llamara para preguntarme qué hacía con las invitaciones ahora que la fiesta se había cancelado tampoco me ha ayudado mucho.

Pensar en que tenía que tirarlas después de lo que trabajamos me ha hecho sentir aún PEOR.
He suspirado fuerte y he dicho: "Pues mira, Chloe, por mí puedes QUEMARLAS, TRITURARLAS o ENTERRARLAS en tu patio! ¡De VERDAD que no me importa! ¡A PASEO mi fiesta!".

Chloe se ha quedado callada un segundo y luego ha dicho: "Er..., vale, Nikki. ¿Y qué te parecería algo MENOS dramático? ¿Como, por ejemplo, TIRARLAS a la BASURA?".

"¡Ay, Chloe, perdona! Es el mal genio que aún me queda por haber cancelado la fiesta. Sí, sí, puedes tirar las invitaciones a la basura. ¡Y gracias!".

Por eso me ha sorprendido tanto cuando por la tarde he recibido su llamada histérica.

"¡Hola, Chloe!", le he contestado. "POR FIN me siento MUCHO mejor. ¿Qué me cuentas?".

"Er... ¡es sobre las invitaciones...!", ha contestado casi gritando. "¡Es que hoy ha pasado una cosa muy rara en la cocina! He ido a tirarlas a la basura tal y como habíamos quedado. Pero justo entonces me ha sonado el móvil. He dejado las invitaciones sobre la encimera, al lado mismo del cubo de la basura. ¡Pensaba tirarlas en cuanto volviera de responder al teléfono! ¡De VERDAD!".

"¡¿Y QUÉ ha pasado?!", he preguntado impaciente.

"Bueno, he dejado las invitaciones sobre la encimera de la cocina. ¡Y he ido a coger el móvil, que estaba en mi bolso en la sala!"...

INVITACIONES DE NIKKI

¡CHLOE, DEJANDO LAS INVITACIONES DE MI FIESTA SOBRE LA ENCIMERA DE LA COCINA!

Entonces se ha producido un silencio largo e incómodo. "¿Y...?", le he preguntado. "¡Chloe, ¿qué ha pasado?!".

"Y... era mi abuela", ha contestado. "Y nos hemos tirado una hora hablando sobre galletas al horno, nuestro reality favorito, mis planes para el verano...".

"¡NO!", la he interrumpido. "¡¡Quiero decir que qué les ha pasado a mis INVITACIONES!!".

"Bueno, cuando he vuelto...", ha balbuceado Chloe, "ya... ¡ya NO estaban! ¡Lo siento MUCHO, Nikki! ¡Es como si se hubieran esfumado!"...

¡¡LAS INVITACIONES HABÍAN DESAPARECIDO!!

"Las había dejado al lado de donde dejamos el correo pendiente. Que, por cierto, había varias cartas para pagar facturas que también han desaparecido. ¡Y ahora no encuentro ninguna de las dos cosas!", ha exclamado Chloe.

"¡Espera, espera! ¡¿Acabas de decir que TODO el correo que había en la cocina, incluido el de tu familia, ha desaparecido?!", he preguntado.

"¡Sí! ¡Sí, Nikki, me temo lo peor! Puede que mi padre o mi madre hayan..., ya sabes, er..., sin querer, hayan..., con la mejor intención...".

"¡¿ENVIADO CIEN INVITACIONES PARA UNA FIESTA DE CUMPLEAÑOS QUE ACABO DE CANCELAR?!", he gritado histérica.

"Er... ¡algo así! ¡Lo siento mucho!", ha chillado. "¡De verdad que LO SIENTO!".

"¡¿Has mirado vuestro buzón?!", le he preguntado.

"¡Buena idea!", ha contestado emocionada. "Puede que alguien haya metido todo el correo en el buzón de la entrada. Lo bueno es que nuestro cartero no volverá hasta dentro de media hora. ¡Nikki, seguro que nos estamos asustando por nada!".

"¡Ojalá tengas razón! ¡No cuelgo, espero a que lo vayas a mirar!", le he dicho.

Chloe me ha hecho una retransmisión en directo: "Vale, estoy saliendo por la puerta, ya estoy en la acera, veo nuestro buzón, me acerco. Lo estoy abriendo ahora mismo y...! ¡Y...!"

¡CHLOE, ABRIENDO SU BUZÓN!

"¡¿Y QUÉ?! ¡¿Están mis invitaciones ahí dentro?! ¡CHLOE! ¡¿Sigues ahí?! ¡¿HOLA?!...".

Chloe ha acabado por fin su frase. "Y... ¡y ya podemos VOLVER A TEMBLAR! ¡El buzón está VACÍO! ¡Hemos PERDIDO tus invitaciones!!".

"¡¡NOOO!! ¡Esto es una PESADILLA!". Me daba vueltas la cabeza. "¡Llamo a Zoey y venimos corriendo! ¡Tenemos que localizar esa correspondencia e intentar recuperarla! ¡Antes de que sea demasiado tarde!".

Chloe ha llamado a sus padres, pero en el teléfono de su madre salía el contestador y su padre estaba en una reunión muy importante y ha tenido que dejarle un mensaje muy detallado a su secretario.

Cuando le he contado la situación a Zoey, ha llegado a la inteligente conclusión de que un paquete tan grande de cien invitaciones no habría cabido en el buzón de Chloe y ha supuesto que su madre o su padre lo habrán depositado en el buzón general más cercano, que está a unas cuatro manzanas de la casa de Chloe. Hemos quedado en reunirnos allí.

Cuando he llegado, Chloe y Zoey ya estaban junto al buzón. Chloe estaba muy afectada y a punto de pillar una llorera...

¡YO, INTENTANDO VER SI DENTRO DEL BUZÓN ESTABAN MIS INVITACIONES!

"¡JO...LINES!", he protestado. "¡Está tan oscuro que no se ve nada! ¿Alguien tiene una linterna? ¿O una CERILLA? ¡Estoy DESESPERADA!".

Zoey me ha mirado perpleja: "Nikki, sé que estás disgustada y quieres que esto acabe, ¡pero seguro que prender FUEGO a un buzón es delito federal! ¡Estoy DISPUESTA a ayudarte a buscar las invitaciones, pero NO a pasar cinco años de CÁRCEL contigo!".

"¡MADRE MÍA! ¡IREMOS A LA CÁRCEL!", ha chillado histérica Chloe. "¡¡Y TODO POR MI CULPA!!".

He fruncido el ceño: "Digamos que prender fuego al buzón no era exactamente lo que tenía pensado. Pero, ya que lo dices, ¡un pequeño INCENDIO acabaría con esas FASTIDIOSAS invitaciones!...". Me lo he pensado un momento y he dejado escapar un suspiro nervioso. "¡Es igual! ¡Mala idea!".

"¡PERDÓNAME! ¡Todo esto es culpa MÍA!", ha gimoteado Chloe. "¡NUNCA MÁS volveré a distraerme al teléfono! A menos que mi abuela se ponga otra vez a hablarme de sus galletas de tres

chocolates, que están BUENÍSIMAS. ¡No puedo
evitarlo, chicas! ¡Soy totalmente adicta a las
galletas! Y, si acabamos en la CÁRCEL, ¡¡también
será por mi culpa!! ¡¡Soy la PEOR de las amigas!!".

Zoey y yo hemos intentado consolar a Chloe. Sé que
lo hace con buena intención, pero cuando se pone así
acaba siendo una REINA DEL MELODRAMA.

Un hombre que paseaba el perro por la acera se ha
parado para ver qué era todo aquel jaleo.

"¡Tranquilo, señor, no pasa nada! ¡Nadie va a ir a la
cárcel!", le he dicho. "Es que mi amiga se EMOCIONA
mucho cada vez que... er... ¡ve un BUZÓN!".

Cuando estábamos a punto de dar una patada al buzón,
abandonar toda esperanza y volver a casa hemos oído
una voz femenina: "Disculpad, chicas, pero parece que
tenéis un problema y tal vez os puedo ayudar".

Las tres nos hemos dado la vuelta y nos hemos
quedado BOQUIABIERTAS. ¡No podíamos creer
lo que veíamos! ¡Una empleada de CORREOS!

¡Bien! ¡Seguro que PODRÍA ayudarnos! ¡☺!
Le hemos contado nerviosas que alguien había
enviado por correo sin querer las invitaciones
de mi fiesta DESPUÉS de que yo la cancelara.

"¡Menudo APURO!", ha dicho con una mirada
comprensiva. "Yo me encargo de los buzones
particulares de esta zona, pero por desgracia
NO recojo el correo de estos buzones generales.
Eso lo hace mi colega Joe...".

Mis BFF y yo hemos gemido decepcionadas.

"PERO...", nos ha guiñado un ojo y ha continuado:
"Igualmente TENGO la LLAVE de estos buzones.
En principio no debería tocar NUNCA la correspondencia,
pero os veo muy desesperadas y a mí me pasó algo
parecido cuando tenía vuestra edad. ¿Qué os parece
si echamos un rápido vistazo a su INTERIOR?".

Hemos gritado emocionadas y hemos aguantado
la respiración mientras se agachaba, introducía la
llave y abría la puerta del buzón. ¡CLIC! Me he
acercado poco a poco a mirar y...

ï... CASI ME HE DESMAYADO CUANDO
HE VISTO QUE EL BUZÓN ESTABA VACÍO!!

"¡Lo siento, chicas! ¡Está vacío!", ha dicho la
cartera simpática. "Y, en el caso de que vuestras
invitaciones hayan ESTADO aquí, seguramente ahora
están en la furgoneta de Joe. Hace dos servicios

de recogida al día. A lo mejor si oye vuestra historia también le dais pena y se salta las reglas por vosotras. ¡Tiene una hija de vuestra edad!".

Zoey ha mirado el horario de recogida del buzón. "Aquí dice que la última recogida era a las 16:00. ¿Dónde estará ahora Joe?".

La cartera se ha mirado el reloj. "Después de recoger este buzón suele parar a almorzar tarde en Crazy Burger. Ahora son las 16:45, calculo que aún estará ahí un cuarto de hora más. Luego irá a llevar el correo a la oficina central. Tenéis poco tiempo, ¡yo de vosotras no lo perdería!".

Chloe, Zoey y yo hemos gritado de alegría y le hemos dado las gracias por toda su ayuda.

"¡Espero que encontréis las invitaciones! ¡Buena suerte, chicas!", ha gritado despidiéndonos con la mano.

Mis BFF y yo hemos recorrido trotando las tres manzanas hasta Crazy Burger. Allí hemos buscado angustiadas la furgoneta de Joe. Hasta que...

¡... POR FIN LA HEMOS VISTO!

"¡Allí está!", he gritado contenta. Nos hemos
abrazado y hemos chocado los cinco. Pero cuando a
los pocos segundos nos hemos dado la vuelta...

... Y ¡LA FURGONETA HA ARRANCADO
Y HA EMPEZADO A ALEJARSE, CON
NOSOTRAS DETRÁS PERSIGUIÉNDOLA!

"¡¡PAREEE!! ¡POR FAVOR, PARE!", hemos gritado.

Aunque lo hemos perseguido por todo el aparcamiento, gritando como si nos fuera la vida, se ve que Joe no nos ha oído.

"¡¿Y AHORA qué vamos a HACER?!", he gruñido.

"¡¿Pedimos en Crazy Burger una hamburguesa de queso triple con ración extra de patatas fritas y limonada?!", ha dicho Chloe. "¡Estoy muerta de HAMBRE!".

"Chloe, ¿CÓMO puedes pensar en una HAMBURGUESA en un momento como ESTE?", ha mascullado Zoey.

"Tienes razón. ¡Olvida la hamburguesa!", ha dicho Chloe. "¡Mejor un sándwich de POLLO o PESCADO!".

"¡Un momento! ¿Verdad que ha dicho que Joe iba después a la central? Está a solo cuatro manzanas más de aquí. ¡A lo mejor aún nos queda una oportunidad!", he dicho mientras arrancábamos a correr otra vez.

La central cierra a las 17:00 y eran las 16:59 cuando llegábamos por la acera y nos lanzábamos hacia la puerta. ¡No podía creer que hubiéramos llegado!...

¡... UNOS SEGUNDOS TARDE!
¡LA OFICINA ACABABA DE CERRAR!

Lógicamente, he pillado una LLORERA monumental allí mismo, delante de la puerta.

¡AAAAAAAAAHHH!

(¡¡Esa era yo GRITANDO!!)

No podíamos hacer nada más. ¡Adiós a las invitaciones! ¡Me sentía TAN impotente!

En las próximas cuarenta y ocho horas, cien personas iban a recibir invitaciones de cumpleaños a una fiesta que había sido cancelada. Y ahora no me quedaba más remedio que pasar la vergüenza pública de CANCELARLA...

¡OTRA VEZ! ¡☹!

¡AAAAAAAAAHHH!

(¡¡Esa era yo GRITANDO por segunda vez!!)

"¡PERDONA, Nikki, PERDONA!", se ha vuelto a disculpar Chloe.

"Estás muy afectada, Nikki. ¡Tenemos que llevarte a casa enseguida!", ha dicho Zoey con suavidad.

"¿Para que se calme y descanse un poco?",
ha preguntado Chloe.

"¡No! ¡Antes de que vuelva a GRITAR y haga
que nos DETENGAN por altercado público!", ha
contestado Zoey. "¡Esa cámara de seguridad nos
está vigilando!".

De pronto Chloe ha mirado el móvil alucinada.
"Mi madre debe de haber escuchado por fin mi
mensaje, porque acaba de contestarme".

"¡Ya no importa! ¡Demasiado tarde!", me he lamentado.

Chloe ha leído el texto en voz alta. Decía:

> ¡Hola, cariño! ¡No te preocupes por
> las invitaciones. ¡NO se han perdido!
> Tu padre las ha dejado en el departamento
> de correspondencia de su trabajo. ¡Un beso!

¡Eran las mejores noticias posibles! ¡☺! Hemos
recorrido trotando otras dos manzanas hasta el
edificio de oficinas donde trabaja el señor García.

Por desgracia, el departamento de correspondencia
también había cerrado a las 17:00. ¡GENIAL! ¡☹!

¡Estaba AGOTADA! ¡Solo quería rendirme y volver
a casa! Pero Chloe nos ha querido enseñar un
truquito que descubrió de pequeña relacionado
con el departamento de correspondencia...

BUZÓN PARA CARTAS

BUZÓN PARA
PAQUETES

¡¿CHLOE, ENSEÑÁNDONOS UN TRUCO?!

¡Colarnos en el departamento de correspondencia por el buzón de los paquetes era una idea GENIAL! ¡☺!

MIS BFF Y YO, COLÁNDONOS EN EL
DEPARTAMENTO DE CORRESPONDENCIA

"¡Deprisa! Coged uno de esos chalecos naranjas y ponéoslo!", ha gritado en voz baja. "¡Así podremos disimular mejor!".

Nos hemos puesto los chalecos ¡y nos hemos quedado BOQUIABIERTAS a la vista de aquel lugar!

Chloe nos ha contado que esa sala daba servicio a las cincuenta empresas que tenían oficinas en este edificio de diez pisos, incluida la de su padre.

¡MADRE MÍA! ¡En aquel cuarto tenía que haber miles de cartas! ¡Allí no encontraríamos nunca las invitaciones de mi fiesta!

Por fortuna, la mayoría de los empleados del departamento de correspondencia ya se habían ido a casa.

Logramos que los que quedaban no nos vieran porque nos ESCONDÍAMOS tras pilas de cajas, nos METÍAMOS en carros llenos de paquetes y nos AGACHÁBAMOS entre estanterías repletas de cartas.

Llevábamos casi una hora buscando cuando...

¡CHLOE, TOPANDO CON LAS INVITACIONES!

¡MADRE MÍA! ¡¡Sentíamos tanta felicidad y TANTO alivio de que hubiera terminado por fin este MAL RATO que casi rompemos a LLORAR!!

¡Hemos agarrado las invitaciones y nos hemos puesto a correr como locas hacia la puerta de salida!...

MIS BFF Y YO, ¡CORRIENDO HACIA LA PUERTA!

"¡No puedo creer que hayamos encontrado las invitaciones!!", he dicho jadeando.

"¡Gracias al trabajo en equipo y usando la cabeza!", ha dicho Zoey resoplando. "¡Cómo MOLAMOS!".

"¡Menudo DESASTRE si hubieran salido con el correo!", ha dicho Chloe. "¡¿QUIÉN puede cometer un error tan tonto como ese?! ¡NOSOTRAS no, desde luego!".

"¡Noo! ¡Habría que ser muy IDIOTA!", hemos reído.

Estábamos tan ocupadas corriendo, hablando y riendo que no hemos visto a un empleado que pasaba. ¡Hemos intentado frenar en el último segundo!

Pero Chloe se ha caído sin querer sobre Zoey.

Y Zoey se ha caído sin querer sobre mí.

Y yo me he caído sin querer sobre el empleado.

Y los CUATRO hemos caído sin querer dentro de...

¡MIS BFF Y YO, CORRIENDO HASTA PEGÁRNOSLA CUANDO SALÍAMOS DEL EDIFICIO!

¡Ha sido SURREALISTA!

Nos hemos quedado todos tendidos por el suelo mientras del techo llovían cartas de empresa, postales e invitaciones de fiesta.

"¡MADRE MÍA! PERO ¡¿QUÉ HA PASADO?!", ha mascullado Zoey mientras intentaba ponerse en pie.

Ha levantado a Chloe, que estaba algo desorientada. Luego me ha cogido a mí del brazo y me ha ayudado a incorporarme sobre las piernas aún temblorosas.

"¡Creo que hemos chocado con el empleado de la correspondencia!", he musitado.

"¡¿QUÉ empleado?!", ha preguntado Zoey.

"¡ESE!", ha dicho Chloe señalando al pobre hombre.

¡Ay, Dios! El empleado estaba tendido inmóvil, enterrado bajo una pila de cartas y bajo el carro...

¡ENCONTRAMOS POR FIN AL EMPLEADO!

Las tres nos hemos aterrorizado.

"¡MADRE MÍA! ¡¡LO HEMOS MATADO!!".

Chloe ha chillado: "¡Ahora somos ladronas y ASESINAS!".

"¡Chicas! ¡Esto pinta muy MAL! ¡Además, me siento como si esto ya lo hubiera visto antes!", he dicho.

"¡¿En alguna serie de forenses?!", ha preguntado Zoey.

"¡NO! ¡En EL MAGO DE OZ!", he dicho. "Parece que ha pasado el tornado y este pobre hombre ha quedado aplastado bajo una CASA! ¡Como aquella BRUJA!".

"¡Solo que aquí el tornado somos NOSOTRAS!", ha dicho Zoey. "¿Y ahora qué hacemos?".

"Er... ¿robarle los zapatos y formular un DESEO para volver a casa, como Dorothy?", ha dicho Chloe.

Afortunadamente, el empleado no estaba MUERTO.
¿Que cómo lo sabía?

Porque ha movido una pierna y ha gruñido: "¡Eh!
¡¿Quién ha apagado la luz?!".

El tipo me ha dado un poco de pena.

Andaba él tan feliz silbando cancioncillas mientras
trabajaba y de pronto le ha caído una panda de
psicópatas obsesionadas con fiestas de cumpleaños.

Le hemos sacado el carro de encima y hemos salido
corriendo por la puerta.

Sin embargo, antes de irnos del todo, hemos echado
un último vistazo por la ventana para ver si existía
alguna posibilidad, siquiera REMOTA, de recuperar
las invitaciones.

Pero se habían esparcido y mezclado con todas
las cartas que iban en aquel monumental carro.
¡Aquello ya NO tenía REMEDIO!...

¡CHLOE, ZOEY Y YO,
BUSCANDO MIS INVITACIONES!

Pese a nuestros DENONADOS esfuerzos, mis invitaciones saldrían por correo.

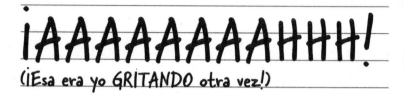

¡AAAAAAAAAHHH!
(¡Esa era yo GRITANDO otra vez!)

¡Gracias a Chloe, mi fiesta de cumpleaños volvía a estar convocada SIN QUERER! ¡☹!

¡Era imposible que las cosas salieran peor!

Pero, de camino a casa, Chloe, Zoey y yo hemos empezado a discutir sobre QUIÉN sería la encargada de dar a nuestros cien mejores amigos la mala noticia de que NO iba a celebrarse la fiesta.

Lo siento, pero a mí me parecía que le correspondía a mi coordinadora social (Chloe) y a mi coordinadora de actividades (Zoey).

¡No a la cumpleañera (YO)!

¡Solo había una cosa peor que tener que CANCELAR mi fiesta de cumpleaños debido a temas económicos!

¡Y era tener que CANCELARLA DOS VECES porque mis invitaciones habían salido por correo SIN QUERER!

¡¡☹!!

RECORDATORIO: En lugar de pasar tanta vergüenza cancelando mi fiesta, debería subir al desván a buscar el TRAJE DE PAYASO que mi padre llevó en aquella fiesta de cumpleaños cuando era pequeña.

Aunque imagino que tiene el trasero un poco chamuscado, ¡siempre podría ponérmelo y salir corriendo para escaparme con el CIRCO!

¡¡Estoy muy preparada para trabajar de PAYASA porque toda mi VIDA da mucha RISA y todo lo que hago es un PURO CHISTE!! ¡¡☹!!

MIÉRCOLES, 18 DE JUNIO

Bueno, ¡creo que esta va a ser la anotación
en el diario MÁS LARGA que he escrito!

Hoy han pasado muchas cosas, y quiero contarlas
con todo lujo de detalles.

Pero si intento escribirlo todo a la vez seguro
que acabo con calambres en los dedos.

Esta mañana me ha despertado un olor delicioso
de algo que había en el horno.

Olía como los bollos de canela calientes de mi madre,
con su mantequilla y su poquito de glaseado.

Pero en este caso... ¡¡tres veces MEJOR!!

Como tenía mucha hambre, he saltado de la cama,
me he vestido y he bajado corriendo a la cocina.

Pero he frenado en seco cuando he visto un cartel
en el pasillo garabateado con lápiz. Ponía...

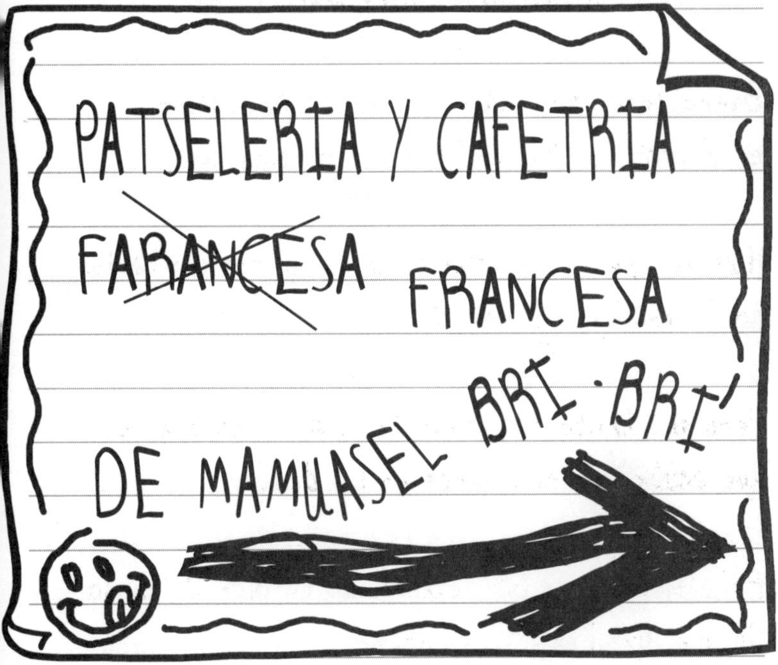
PATSELERIA Y CAFETRIA
FARANCESA FRANCESA
DE MAMUASEL BRI·BRI'

¡GENIAL! ¡☹! Supongo que me he quedado SIN mis deliciosos rollitos de canela recién salidos del horno.

Por desgracia, cada vez que aparece *mademoiselle* Bri-Bri, ¡lo ÚNICO que PRUEBO es maldición, destrucción y ruina! ¡☹!

Me daba muchísimo palo, pero no me quedaba más remedio que tomar el control y enfrentarme a ella. ¡ANTES de que apareciera la POLICÍA por casa!

Como la semana pasada mi padre tuvo que volver a pintar todo el techo de la cocina por culpa del sándwich de sardinas de Brianna, hemos quedado en que SIEMPRE la supervisaría alguien durante sus aventuras culinarias.

Tampoco se le permite tocar los electrodomésticos ni cualquier otro elemento potencialmente peligroso de la cocina, como las cucharas.

¡Te SORPRENDERÍA ver el daño que puede hacer la mimada de mi hermanita con tan solo una cuchara!

¡Le he dicho un MILLÓN de veces que no ponga metal en el microondas!

Pero ¿crees que me hizo caso?

¡Reparar el agujero chamuscado de la pared y comprar otro microondas les costó a mis padres una FORTUNA!

Total, que parecía obvio que la pequeña y tramposa aspirante a chef estaba COCINANDO alguna de sus trastadas mientras los demás dormíamos.

Brianna había decorado la cocina con dibujos de galletas y cupcakes y había montado en un rincón la mesita y las sillas tamaño infantil de su Salón de Té de la Princesa Hada de Azúcar.

También había montado una mesita de muñecas con sus sillitas correspondientes.

En las dos mesas, a las que estaban sentados sus muñecos y sus peluches, Brianna había puesto la vajilla cara de mi madre y jarrones con flores del patio.

La verdad es que su cafetería de jugar me ha impresionado bastante. Parecía una versión en miniatura de Dulces Cupcakes.

Brianna..., quiero decir, *mademoiselle* Bri-Bri llevaba un delantal rosa muy mono con lazos y volantes, y el ceño fruncido como aquel cocinero tan malo que sale por la tele y que DISFRUTA gritando a todo el mundo.

Sin embargo, en cuanto me ha visto, ha pasado inmediatamente al modo "encantada de recibirla" y se ha estampado una gran sonrisa en la cara...

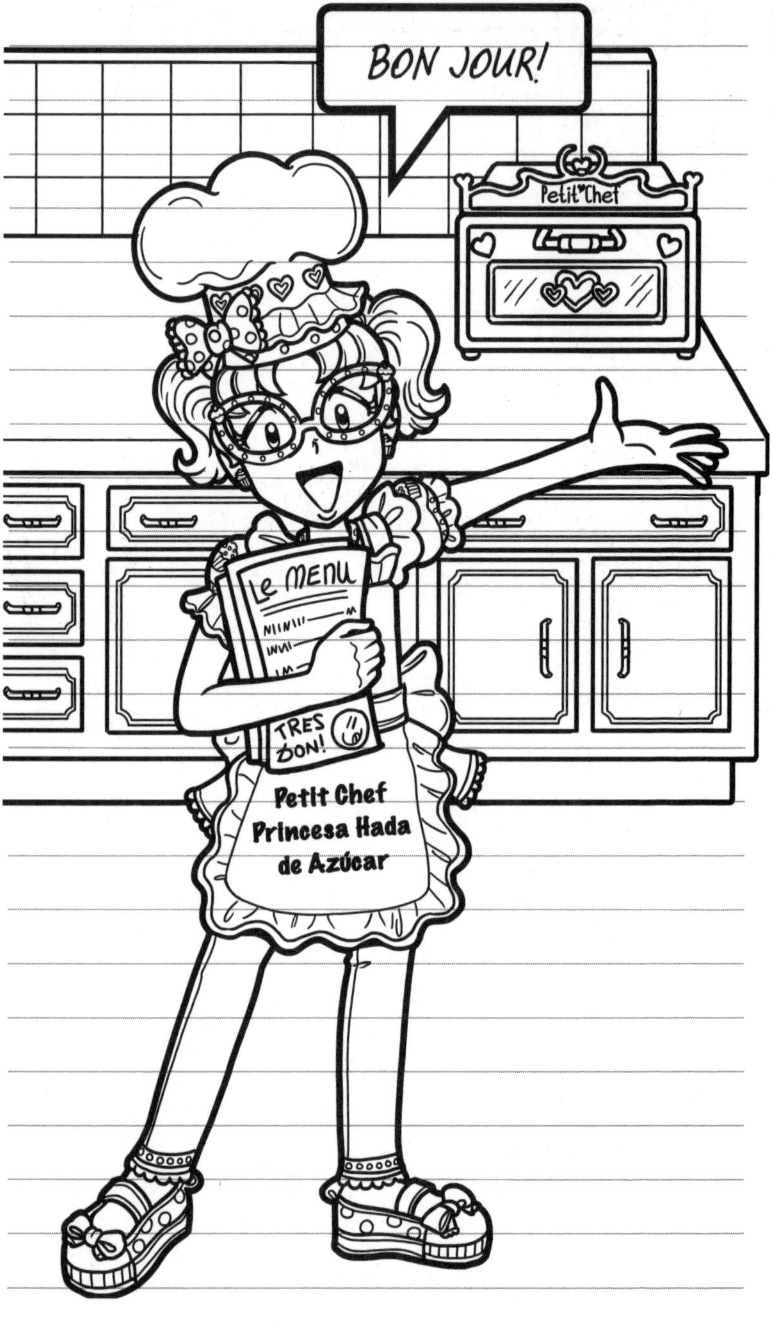
BON JOUR!
Petit Chef
Le MENU
TRES BON!
Petit Chef
Princesa Hada
de Azúcar

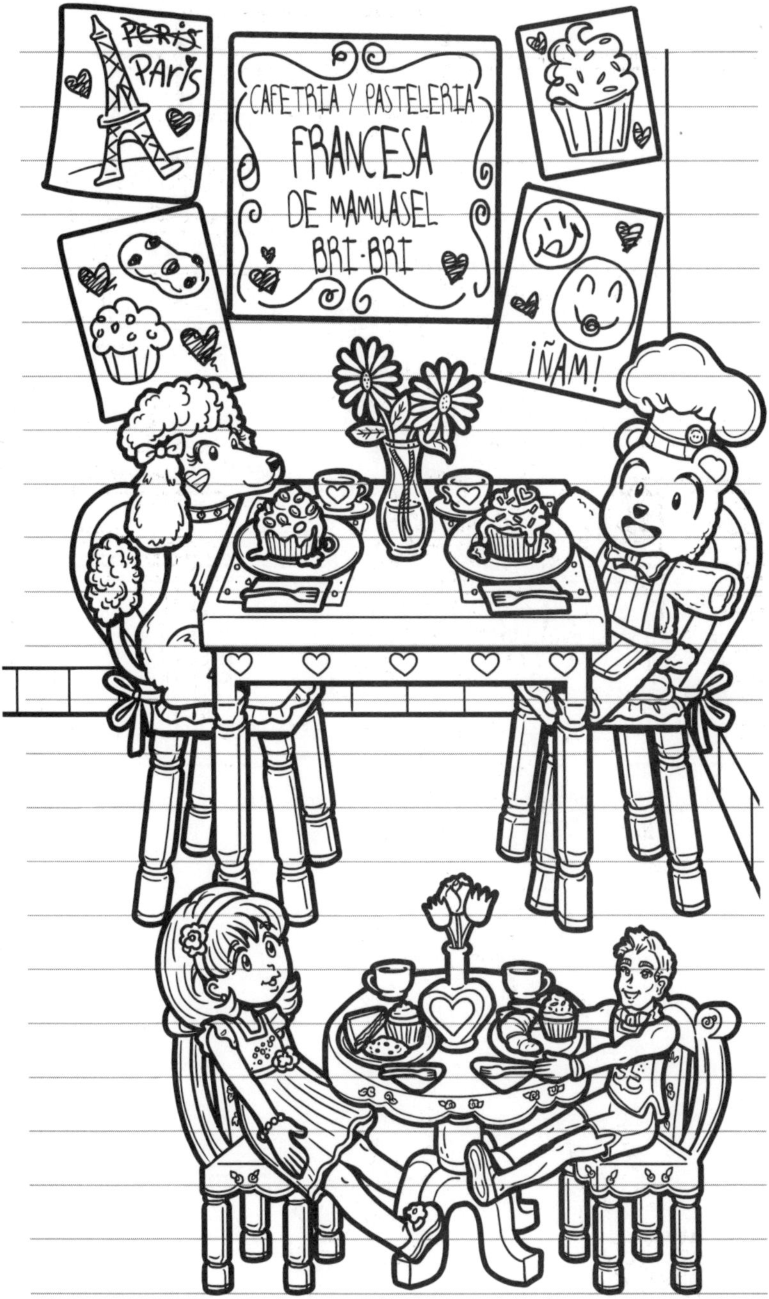
PERIS
Paris
CAFETRIA Y PASTELERIA
FRANCESA
DE MAMUASEL
BRI-BRI
¡ÑAM!

"¡Bienvenida a la Cafetería y Pastelería Fagancesa de mamuasel Bri-Bri!", ha dicho. "¡De la famosa mamuasel Bri-Bri, guepostega de las esteguellas!".

"¡Brianna! ¿QUÉ estás haciendo?", le he dicho poniéndome en jarras. "Ya sabes que tienes prohibido cocinar aquí SOLA. ¡Sobre todo desde que hiciste explotar nuestro segundo microondas y pegaste tu sándwich de sardinas al techo!".

"No sé quién es esa Bigana, queguida", me ha dicho en plan borde. "¿Y USTED quién es, pog ciegto? ¿Tiene guesegva?".

"¡No necesito reserva!", le he soltado. "¡Vivo aquí y soy tu hermana! ¡OBVIO!".

"Se confunde, señoguita Obvio. ¡Yo soy hija única y USTED una mujeg GAGA que no conozco de NADA! En mi cafeteguía está tegminantemente prohibida la entrada de gente gaga, que espanta a los clientes. Pego ahoga le migo la lista de guesegvas, señoguita Obvio".

Mademoiselle Bri-Bri ha hojeado su bloc.

174

"Aquí tengo a Bagbie, Ken, Princesa Hada de Azúcag, la Doctoga de los Juguetes, la caniche Chispa, la princesa Shugui y una pollypocket, pego no tengo a ninguna señoguita Obvio", ha dicho. "Lo siento mucho, queguida, pego hoy está todo guesegvado. Tengo que pedigle que se vaya. ¿No ha visto el cagtel? ¡SOLO GUESEGVAS!".

Y me ha señalado uno de los carteles pegados en la pared de detrás de mí...

"¡¿En serio?! ¡¿En qué IDIOMA?! ¡Porque yo no entiendo tu HORRIBLE letra!", he protestado. "¡Y de tu ortografía ya ni te hablo!".

"¡Ah, excuse muá! Mamuasel Bri-Bri es una chef pastelega, no una concugsante de ogtografía",

175

ha contestado ofendida. "Si quiegue, la puedo poneg en la lista de espega. Me paguece que nos quedagá una mesa libre, eg...". *Mademoiselle Bri-Bri* se ha acariciado el mentón con los ojos entrecerrados.

"¿Qué? ¿Cuándo?", he preguntado molesta. "¿Diez minutos? ¿Veinte minutos?".

"¡No! ¡Más tiempo! ¡¿No ve usted que lo tengo TODO lleno?!", ha exclamado.

"¿Pues qué? ¿UNA hora?", he preguntado impaciente.

Ha suspirado y ha puesto los ojos en blanco.

Ha escrito algo muy deprisa en su bloc de notas, ha arrancado la hoja y me la ha dado. "¡AQUÍ tiene la hoga de su guesegva! ¡Hasta entonces, ADIÓS, señoguita Obvio!", me ha dicho sonriendo con suficiencia.

¡Qué servicio tan PÉSIMO! ¡He esperado SIGLOS solo para que me hicieran la reserva!

¡Y tampoco había tanta gente!

¡Pero cuando me he INDIGNADO de verdad ha sido al
ver lo que tendría que ESPERAR para tener mesa!...

"¡¿QUÉ?! Pero ¿tú de qué vas?!", he gruñido.

"¡¿No sabe leeg la guesegva?! Pone que usted
tendrá una mesa dentro de TEGUES MESES!
Ya volvegá entonces, ¿vale? Ahoga ¡ADIÓS!",
ha dicho mademoiselle Bri-Bri, mientras me sacaba
a empujones de MI cocina como si fuera una MOSCA.

¡Si quería PROPINA lo llevaba CRUDO!

Ya tengo calambres en los dedos. Y necesito picar
algo. A ver si mañana puedo acabar la historia. ¡¡☺!!

Ayer lo dejé en el momento en que mademoiselle Bri-Bri me comunicaba que una mesa en su cafetería tenía la surrealista espera de TRES MESES.

Lógicamente, su respuesta no me sentó nada bien.

"¡¿TRES MESES?!", grité. "¡¿Pero qué caca de cafetería es esta?! ¡NI HABLAR! ¡Yo no me muevo de aquí porque tengo que vigilarte!", he chillado. "¡Y no me hagas despertar a MAMÁ o a PAPÁ!".

"¡Cálmese, POG FAVOG! ¡No hay pog que molestaglos, queguida! ¡A veg qué puedo haceg!", ha dicho nerviosa mademoiselle Bri-Bri.

Se ha puesto otra vez a pasar hojas del bloc mientras iba mirando a los clientes que tenía en las mesas.

"¡Ah! ¡Ha tenido suegte, señoguita Obvio! ¡Acaban de anulag una guesegva! ¡Pog aquí, pog favog!".

La he mirado fijamente. No me fiaba nada de esa señora.

Mademoiselle Bri-Bri ha sacado su muñeca de la silla sin la menor delicadeza y se la ha tirado a la espalda.

¡DE REPENTE SE VACÍA UNA MESA!

¡Anda ya! ¡Ya me dirás CÓMO me voy a sentar en una silla tan minúscula!

"¡Gracias, pero casi que prefiero el suelo", he dicho.

"¡Usted misma, queguida!", ha contestado, claramente molesta conmigo. "Tenga, una tapita paga abrir el apetito. *Bon appétit!*".

Y me ha tirado al regazo una tostada carbonizada y gomosa. ¡Con ESO NO se abría el apetito!

Si recortaba un poco aquel pedazo de caucho, ¡parecería una PASTILLA de HOCKEY perfecta!

"¿Quiegue que le diga los especiales del día? La chef (o sea, ¡yo!) ha preparado un sándwich de mantequilla de cacahuete y jalea con la mejog mantequilla de cacahuete del mundo, impogtada de un sitio muy lejano llamado... er... la tienda. ¡Paga que esté más cugujiente le he puesto las cáscagas de cacahuete chafadas!".

"¡No, gracias!", he dicho entre arcadas. "¿Hay algo en tu carta que sea comestible?".

"Bueno, yo guecomiendo las famosas cupcakes de mamuasel Bri-Bri. ¡Son deliciosas, queguida! Pero tardaría una hoga en haceglas, pogque en mi hogno solo caben poquitas cada vez. Y ahoga mismo se está haciendo algo muy especial".

"¿Qué es?", he preguntado. "¿Es eso que huelo?".

"¡Usted cómase la tostada quemada, digo, la tapita, queguida! Y luego váyase pogque espego a unos invitados VIP que están a punto de llegar. Disculpe, pero debo volveg a mis pasteles".

Me ha sorprendido la facilidad con la que *mademoiselle* Bri-Bri iba de un sitio a otro y amasaba, daba forma a las galletas, horneaba y ponía glaseado con la manga.

Realmente, parecía una repostera francesa de categoría.

Lo increíble es que lo estaba haciendo TODO con su nuevo horno Petit Chef de la Princesa Hada de Azúcar que yo había hecho que le comprara nuestra madre...

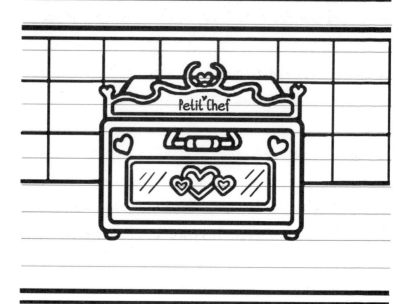

EL NUEVO HORNO PETIT CHEF DE BRIANNA

Claro que, ahora que Brianna..., digo mademoiselle Bri-Bri, está tan convencida de que es una entendida gourmet y una gran minichef, no quiero saber los problemas que nos va a causar.

Yo soy muy partidaria de la nueva educación y de animar a los críos a perseguir sus sueños.

¡¡Pero sin exagerar!!

Lo que nunca pensé es que Brianna podría cocinar algo de verdad con dos pilas y una bombilla de cien vatios.

Hans, su ayudante holgazán, estaba sentado a una mesa flirteando con la caniche Chispa.

"¡Deja de haceg el gandul, Hans! ¡Hay que llevag agua a la mesa númego uno y en la dos aún están espegando la tapita! ¿Es que tiene que haceglo todo mamuasel Bri-Bri?", ha espetado a su osito ayudante.

Pero Hans se ha limitado a dirigirle una mirada vacía, como si en lugar de cerebro tuviera espuma.

"¡Oh la la, a veces hablag contigo es como hablag con un animal de peluche!", ha protestado mademoiselle Bri-Bri.

"Brianna, ¿QUÉ hay en el horno? Me cuesta admitirlo, pero ¡huele de maravilla!", he exclamado.

He ido hacia el horno para ver qué había dentro. Cuando iba a abrir la puerta, Brianna ha cogido una cuchara de madera y me ha pegado en toda la mano.

¡ZAS!

"¡AY! ¡Qué daño!", he gemido, frotándome la mano.

"¡NADA de MIRAR, queguida!".

¡Sí, claro, pero es que no me podía hacer a la idea de que, fuera lo que fuera lo que había en el horno, oliera TAN bien que se me estaba haciendo la boca agua!

Además, como no había desayunado y la pastilla de hockey estaba incomible, ¡me estaba MURIENDO de hambre!

De pronto, el temporizador de su horno ha hecho ¡DING!

Mademoiselle Bri-Bri, que ahora estaba cubierta de arriba abajo de harina y azúcar glas, se ha colocado unos guantes de horno de color rosa y ha sacado una bandeja de GALLETAS monísimas. Tenían la misma forma que el lazo de su gorro...

MADEMOISELLE BRI-BRI, HACIENDO
GALLETAS.

Luego las ha dejado sobre la encimera para
que se enfriaran.

"¡Migue qué magavilla, queguida! ¡Estas galletas las he hecho con mi gueseta secreta y con los mejogues inggedientes del mundo!", ha dicho sonriendo.

"¿Puedo probar una? ¿POR FAVOR?", le he suplicado.

"¡NO! ¡Lo siento, queguida! ¡Estas galletas NO son paga USTED! ¡Son paga mis invitados VIP especiales! Pego hoy es su día de suegte y mamuasel Bri-Bri le va a dejar ser su probadoga oficial".

"¡¡BIEN!!", he gritado mientras saltaba como si acabara de anotar canasta o algo por el estilo.

Me ha ofrecido una galletita dorada de azúcar moreno con brillante glaseado rosa. ¡Me moría por probarla!

¡UPS! ¡Me están llamando al móvil! Seguro que son mis BFF que quieren hablar de cómo vamos a anunciar a todo el mundo la cancelación de mi fiesta. ¡Tengo que irme! ¡Luego sigo!...

¡¡☺!!

Eso, que me MORÍA por probar las galletas de Brianna.

Mordí una nerviosa y contuve el aliento.

Era crujiente, dulce y mantecosa. Casi se me deshacía en la boca.

"¡MMMMMM! ¡Está BUENÍSIMA!", exclamé.

Era como si hubiera mordido un pedacito de cielo.

"¡MADRE MÍA! ¿QUÉ le has puesto a estas cosas?".

"Es un secreto, queguida. Si te lo digo, tendré que matagte. Con mi cogtador de galletas. ¡Te lo clavaguía mil veces y tendrías una muegte muy dologosa!".

"¡Es igual!", murmuré mientras le daba otro mordisco. "¡Mademoiselle Bri-Bri! ¡¡Está INCREÍBLE!!".

"¿Qué está increíble?", preguntó mi padre somnoliento.

Él y mi madre entraron en la cocina medio dormidos en busca de su café matinal.

"¡Tenéis que probar estas galletas!", les dije ofreciéndoles una a cada uno. "¡Me cuesta creer que esté diciendo esto, pero me parece que vuestra hija pequeña es un prodigio culinario!".

"Bonjour! Soy mamuasel Bri-Bri, la famosa guepostega de las estrellas. ¡Encantada de conocegles!".

Les dio la mano a mis padres como si fueran clientes recién llegados a su cafetería.

Mis padres se hicieron un guiño y le siguieron el juego.

"¡Bon appétit, queguidos! Espego que les gusten las galletas!", dijo mademoiselle Bri-Bri sonriendo.

Mis padres de pronto ya no necesitaban el café matinal.

¡El maravilloso sabor de aquellas galletas que hacían la boca agua los despertó como una descarga eléctrica!

¡No podíamos parar de comerlas!...

¡NOS ENCANTAN LAS GALLETAS DE
MADEMOISELLE BRI-BRI!

Había infravalorado mucho a mi hermanita.

Además de ser una chef muy creativa y con mucho talento, ¡será una GENIO de la alta cocina!

"¡¿De verdad que las has HECHO tú?!", preguntó mi madre. "¡Estoy muy orgullosa de ti, cariño! ¡Tenemos que guardar la receta! ¿Qué les has puesto?".

"A ver: azúcar, canela, mantequilla, vainilla, confeti, bolitas blandas Perrito Feliz con trozos de queso, mollejas de pollo y, lo más importante, mi ingrediente secreto, ¡cereales de maíz y avena!", anunció con orgullo mademoiselle Bri-Bri.

Primero nos quedamos HELADOS. Luego fuimos entendiendo el auténtico significado de los peculiares ingredientes de mademoiselle Bri-Bri.

Hasta la extraña forma de las galletas adquirió sentido de repente.

¡Mi madre, mi padre y yo tuvimos arcadas, tosimos y escupimos las galletas exactamente al mismo tiempo!...

¡MI MADRE, MI PADRE Y YO FLIPANDO
CUANDO BRIANNA RECITA LOS
INGREDIENTES!

191

Creo que los tres sentimos náuseas.

¡Las galletas no tenían forma de lacitos! ¡Tenían forma de hueso porque eran galletitas para PERROS!

Mademoiselle Bri-Bri se sentía SUPERorgullosa.

"¡Yo les llamo 'Galletas Ñami de Mamuasel Bri-Bri para Pegos y sus Humanos'! ¿Verdad que a vuestras papilas gustativas les ha dado ganas de LADRAR?".

"¡A mis papilas gustativas les ha dado ganas de PEGARTE con la ESPÁTULA!", le grité. "¡Nos has hecho comer GALLETAS para PERROS sin avisarnos!".

"¡En mi cafeteguía está tegminantemente prohibido pegag con espátulas, queguida!", dijo *mademoiselle* Bri-Bri retrocediendo nerviosa unos pasos.

"No sé qué es MÁS RARO: ¿que acabe de comerme una galleta para perros o que quiera comerme otra?", dijo mi padre mientras se metía dos galletas más en la boca. "¡Están muy buenas y no puedo parar de comerlas! ¡Qué VERGÜENZA!".

"Tienes toda la razón, cariño. ¡Son DELICIOSAS!",
dijo mi madre mientras le robaba una galleta de la
mano y se la echaba a la boca.

Me quedé mirando a mis padres. Los dos estaban
devorando las galletas para perros como si llevaran
semanas sin comer.

Hasta que recobré el sentido.

"¡Mamá! ¡Papá! ¡No puedo creer lo que hacéis!",
grité. "¡PARAD DE UNA VEZ, POR FAVOR! ¡OS
ESTÁIS ACABANDO TODAS LAS GALLETAS!".

Cogí unas cuantas deprisa antes de que mis padres
se las comieran todas.

"¡¿QUÉ estáis haciendo?!", nos regañó mademoiselle
Bri-Bri. "¡Estas galletas son paga mis dos invitados
VIP! ¡Un crítico de cocina del peguiódico y un enviado
del embajadog fagancés que están a punto de llegar!".

"¡Sí, claro!", me burlé mientras me metía otra
galleta para perros en la boca.

"¡Lo digo MUY en seguio!", dijo mademoiselle Bri-Bri
desenfundando su bloc de notas para enseñármelo.

Intenté leer sus garabatos.

"Esta mañana el señog Brandon y el señog André
han guesegvado mesas en mi cafeteguía. Son amigos
tuyos, ¿ui?".

¡MADRE MÍA! Casi caí desmayada allí mismo.

"¡Llegagán muy prontito, queguida! Y si les
GUSTAN mis galletas, pondrán cinco estrellas
a mi cafeteguía. ¡Y yo segué aún MÁS famosa
de lo que ya soy!", dijo entre risitas.

¡¿Mademoiselle Bri-Bri había invitado a Brandon
y a André a mi casa?!

Los dos son buenos amigos míos, pero no
RESISTEN estar a la vez en la misma habitación.

Me he puesto a FLIPAR DE MIEDO
y a gritar...

Lo siento, pero escribir sobre todo esto me hace
VOLVER a flipar. Tengo que hacer una pausa.

Ya seguiré contándolo mañana... ¡O NO!

¡¡☹!!

Brianna me ha hecho un montón de cosas HORRIBLES a lo largo de su corta vida. Pero invitar AL MISMO TIEMPO a Brandon y a André y ni siquiera dignarse a decírmelo hasta el último minuto ha batido el récord de sus faenas.

"¡¿Cómo has podido?!", le grité.

"Pues la vegdad es que fue bastante fácil. Les envié un mensaje de móvil", contestó. "Desde TU móvil".

"¡¿CÓMO?! ¿Desde MI móvil?!", aullé. "¡Encima van a pensar que los he invitado a venir YO! ¡Brandon y André prácticamente se ODIAN y no resisten estar juntos en la misma habitación!".

"¡Tranquila, queguida! Ya sabes lo que se dice: ¡la buena comida une a todo el mundo!", dijo mademoiselle Bri-Bri con una sonrisa de dentista.

"¡Para unir a esos dos hará falta mucho MÁS que una buena comida!", gruñí.

"¡Pego TAMBIÉN se dise que no hay nada tan EMOSIONANTE como veg a dos pegsonas que se ODIAN TIGAGSE los platos a la cabeza!", añadió tan contenta mademoiselle Bri-Bri.

¡Eso sí que me hizo TEMBLAR! ¡¿Y si Brianna tenía razón?! ¡¿Y si Brandon y André empezaban a TIRARSE los PLATOS a la cabeza, LITERALMENTE?!

"¡Tranquila! ¡NO habrá peleas!", dijo mademoiselle Bri-Bri sonriendo. "Cuando Brandon y André prueben las deliciosas galletas de mi cafeteguía, los DOS se OLVIDAGÁN de TI, queguida".

"¡Sí, seguramente porque los dos estarán demasiado entretenidos FLIPANDO ante el hecho de haber comido GALLETAS para PERROS!", le repliqué. "¡Mil gracias, mademoiselle Bri-Bri! ¡Has montado un lío MONUMENTAL en la cocina Y en mi VIDA!".

En esos momentos estaba tan furiosa con Brianna que quería... ¡¡GRITAR!! ¡☹! Pero antes tenía que contar a los chicos lo que había pasado. ¡Antes de que fuera demasiado tarde!

¡Subí corriendo a mi habitación a por el móvil, con mademoiselle Bri-Bri pegada a mis talones!

Di un portazo y luego eché el cerrojo. Después cogí el móvil y me puse a escribir un email tan rápido como me permitieron mis dedos.

Y en esto que *mademoiselle* Bri-Bri llamó a la puerta.

"¡Queguida, queguida, hagamos un trato! ¡Mamuasel Bri-Bri limpiagá la cocina y tu VIDA DESATROSA! ¿Ui? ¡Pego no toques el MÓVIL!".

"¡Demasiado tarde!", dije mientras le daba al botón de enviar del móvil. Este es el email que les envié a Brandon y a André...

* * * * * * * * * * * * * *

A quien pueda interesar:

Recibes el presente email porque has sido objeto de una broma de una repostera impostora de seis años que se hace llamar *mademoiselle* Bri-Bri.

Ruego ignores el mensaje de invitación de esta lunática a una cafetería y pastelería de cinco estrellas que solo es producto de su imaginación.

Repito: ¡¡ignora el mensaje y QUÉDATE EN CASA!! ¡QUÉDATE EN CASA!

Pero, hagas lo que hagas, NO permitas que te enrede y te haga comer sus galletas rosas, porque son GALLETAS para PERROS aunque estén extrañamente BUENÍSIMAS.

AVISO: Los efectos secundarios de los productos por ella cocinados pueden ser: náuseas, vómitos, confusión, mareos, hinchazón de vientre, pérdidas de memoria, acné grave, pies hinchados, diarrea aguda, uñeros y hedor corporal.

Siento las molestias que mi hermana haya podido causarte. Lo siento tanto que pasaré el resto del día encerrada en mi habitación intentando superar la completa humillación y la vergüenza total que supone tener que escribirte este mensaje.

Tu amiga,
Nikki Maxwell

* * * * * * * * * * * * *

A los pocos minutos, ya me habían contestado tanto Brandon como André.

ANDRÉ Y BRANDON, RESPONDIENDO A MI EMAIL

"Tus invitados VIP acaban de cancelar", le anuncié a mademoiselle Bri-Bri. "¡Ahora ayúdame con la cocina!".

"¡¿QUIERES ARRUINARME?!", me gritó mademoiselle Bri-Bri mientras saltaba por la cocina en plena rabieta como esos cocineros de verdad que salen en la tele.

Ya habíamos acabado de limpiar la cocina y estábamos a punto de recoger el horno, los juguetes y la cafetería Petit Chef cuando sonó el timbre de la puerta.

Brianna corrió a abrirla y yo aproveché para dejarme caer sobre una de sus sillitas y cerré los ojos agotada. Aún me duraba el trauma del lío que mi hermanita había montado con sus mensajes.

Creo que me quedé dormida sin querer porque solo recuerdo que de repente oí una voz: "¡Bienvenido a la cafeteguía de mamuasel Bri-Bri! Pog aquí, por favor. ¿Quiegue un té con limón?".

Cuando abrí los ojos, esperaba ver a Brianna sirviéndole el té a su muñeca o al osito. Pero lo que vi no era ningún juguete...

¡¡¿QUÉ ESTABA HACIENDO BRANDON EN LA CAFETERÍA DE *MADEMOISELLE BRI-BRI*?!!

Brandon me explicó que, tras leer mi HISTÉRICO email, pensó que un cupcake sería la solución ideal para animarme. ¡Hasta le había traído uno a mademoiselle Bri-Bri! ¡YAJUUUU! ¡☺!

¡BRANDON Y YO, CON NUESTROS CUPCAKES!

¡Brandon tenía RAZÓN! ¡El cupcake que me trajo me ANIMÓ y MUCHO!

Nos quedamos ahí sentados mirándonos y sonrojándonos mientras *mademoiselle* Bri-Bri nos iba rellenando las tazas con su delicioso té con limón.

Después de la receta de las galletas, tenía claro que NO pensaba preguntarle qué llevaba el té para estar tan bueno porque, de verdad que...

¡¡PREFERÍA NO SABERLO!! ¡¡☹!!

Lo último que quería era hacer el ridículo delante de Brandon ESCUPIENDO té con limón por toda la cocina al enterarme de cuáles eran sus raros, extravagantes y ligeramente asquerosos ingredientes.

Lo que es cierto es que de repente me pregunté si era cosa mía o la cafetería de *mademoiselle* Bri-Bri tenía ciertas vibraciones románticas.

¡¡YAJUUU!! ¡¡☺!!

Me pilló por sorpresa que Brandon se disculpara por el melodrama entre él y André de la semana pasada.

Luego me dijo que le había llegado la invitación por correo hacía unos días y que tenía muchas ganas de estar conmigo durante mi fiesta de cumpleaños.

Suspiré y le conté que la fiesta primero se iba a hacer y luego no y después sí y luego no y después otra vez sí cuando se enviaron sin querer las invitaciones.

Y que no me quedaba más remedio que avisar a todo el mundo de que la fiesta volvía a estar oficialmente CANCELADA.

Brandon se limitó a pestañear. Se le veía bastante CONFUNDIDO con el tema, lo cual no me extrañó en absoluto.

¡Fíjate que es MI fiesta y yo SIGO bastante confundida con el tema!

Estábamos acabando los cupcakes cuando se aclaró la garganta y me hizo una pregunta sorprendente.

"Una cosa, Nikki, ¿tienes algún plan para la cena? Es que acabo de recibir un vale REGALO de un sitio y yo no lo voy a utilizar. Seguro que tú lo aprovechas más que yo". Y sonrió.

"¡Qué bien! ¡Pues gracias, Brandon!", exclamé. "¿Para dónde es? ¿Queasy Cheesy? ¿Crazy Burger? ¿Otro sitio? ¡Podríamos ir juntos a cenar!".

Brandon intentó contener la risa mientras se sacaba el vale del bolsillo y me lo enseñaba...

¡EL VALE REGALO DE BRANDON PARA LA CAFETERÍA DE _MADEMOISELLE_ BRI-BRI!

Sin embargo, cuando mademoiselle Bri-Bri nos contó que el especial del día era un bocadillo de mortadela y queso cubierto de helado, kétchup, galletitas de peces con queso y confeti de cupcake, Brandon y yo decidimos SALTARNOS la cena.

Y luego nos reímos hasta que nos faltó el aire.

Aunque casi toda la comida de mademoiselle Bri-Bri era espantosa, la verdad es que lo pasamos GENIAL.

¡Tengo muchas ganas de ir este verano a París para estar con André, pero también es CIERTO que voy a echar mucho de menos la compañía de Brandon!

¡Soy muy AFORTUNADA de tenerlo como amigo!

¡¡☺!!

Hoy mis padres han ido a la Feria de Remodelación del Hogar de la región para promover la empresa de control de plagas de mi padre, Fumigaciones Maxwell.

Por desgracia, eso significaba que YO también tendría mi PROPIO control de plagas... ¡haciendo de niñera de Brianna todo el día! ¡☹!

Estaba tan tranquila viendo una reposición de mi reality FAVORITO, ¡Nos hacemos ricos viviendo del cuento!, cuando me he fijado en que había mucho... ¡SILENCIO!

(Sin contar, claro, los que salen en el programa gritándose histéricos "¡TE ODIO!" y riendo como locos dos minutos después mientras se hacen selfis y se cubren unos a otros de besos al aire. ¡¡Es que este programa me ENCANTAAA!!).

Lo raro era no oír agua saliéndose de la bañera, la alarma de los detectores de humo o a Brianna gritando emocionada...

¡¿TENDRÁ MI MÓVIL UNA APP PARA FLOTAR EN EL WC?!

¡ALGO estaba pasando! He apagado la tele y me he dispuesto a averiguar el qué.

Brianna no estaba en la sala viendo dibujos, ni en su habitación jugando con sus juguetes, ni en la cocina cocinando alguna de sus trastadas con el horno Petit Chef de la Princesa Hada de Azúcar.

A Daisy tampoco la veía por ningún sitio.

Pero sí que me he dado cuenta de que en el colgador que hay junto a la puerta no estaba su correa.

Es decir, que los dos debían de estar jugando fuera en el patio, ¡¿VERDAD?!

¡PUES NO! No había ni rastro de ellos.

De pronto he recordado que Brianna dijo algo de que su mejor amigo Oliver vendría hoy a visitar a su abuela, la señora Wallabanger.

Sí, por si lo dudabas, ¡SÍ! ¡Es la MISMA señora Wallabanger! ¡Nuestra anciana vecina que toca el acordeón mientras sus BFF Mildred y Marge bailan la danza del vientre!

He corrido hasta la casa de la señora Wallabanger y he llamado al timbre.

Tras esperar lo que me ha parecido una ETERNIDAD, por fin ha abierto.

Me ha sorprendido oír la música *dance* a todo volumen que salía de dentro de la casa...

¡CHUNDA-CHUNDA! ¡CHUNDA-CHUNDA! ¡CHUNDA-CHUNDA! ¡CHUNDA-CHUNDA!

¡El caso es que el ritmo era bastante bueno!

¡Oye...! Si tocara ESE tipo de música en mi fiesta de cumpleaños, podría pensármelo.

¡PARA NADA! ¡☹!

Es broma, de verdad.

La señora Wallabanger llevaba mallas de licra de leopardo, una camiseta de vivos colores de AMO el ZUMBA y muñequeras y diadema contra el sudor...

¡MI VECINA, LA SEÑORA WALLABANGER!

"¡Hola, Nikki, guapa! ¡Disculpa que no haya oído el timbre enseguida!", ha gritado por encima de la música. "Estoy haciendo ejercicios de zumba con un vídeo. ¡Es muy divertido mover el esqueleto! Además, no te lo creerás, pero ¡estoy aprendiendo BERREO!".

"Er... ¡CREO QUE ES 'PERREO'!",
he gritado.

La señora Wallabanger tenía la música tan alta que casi no me oía, ni siquiera con el audífono puesto.

Se le ha borrado la sonrisa de la cara. "¡¿CÓMO has dicho?! ¡¿Has dicho 'CREO QUE ME MEO'?! ¡No seas VULGAR, niña! Además, ¡¿no tenéis lavabo en casa?!".

"¡No! ¡No he dicho eso!", he gritado. "He dicho, er... ¡es igual! Mire, siento mucho interrumpir sus ejercicios, pero ¿ha visto a Brianna?".

"¡¿QUÉ has dicho?!", ha gritado la señora Wallabanger.

"¿Podría bajar un POQUITO la música? ¡Luego ya MOVERÁ EL ESQUELETO!", he gritado.

La señora Wallabanger me ha mirado furiosa cruzándose de brazos.

Pero "¡BUENO!", ha soltado. "¡¡¿Cómo te atreves a decirme 'MENUDO CARETO'?!! ¡¡Fuera de aquí!!".

¡Y me ha cerrado la puerta en las narices!

¡¡PAM!!

Me he quedado mirando la puerta como tonta mientras la música seguía sonando a todo volumen.

¡CHUNDA-CHUNDA! ¡CHUNDA-CHUNDA!

Como aún no le había hecho caso, he ido a echar un vistazo a su patio de atrás, rezando para encontrar a Brianna y Oliver jugando juntos.

Pero ¡tampoco!

Al volver hacia mi casa he visto una especie de rastro de migas.

¡Y eran MIGAS ROSAS! El rastro salía de nuestro camino, seguía por la acera, pasaba por delante de nuestro buzón y desaparecía.

¡Ahora SÍ que empezaba a ALARMARME!

Sentía unas ganas imperiosas de llamar a mis padres y gritar:

"¡MAMÁ! ¡PAPÁ! ¡MALAS NOTICIAS! ¡¡BRIANNA HA SIDO SECUESTRADA POR LA BRUJA AQUELLA DEL CUENTO DE HANSEL Y GRETEL!! ¿QUE CÓMO LO SÉ? ¡PORQUE PARECE QUE HA INTENTADO DEJAR UN RASTRO DE MIGAS PARA ENCONTRAR EL CAMINO

DE REGRESO A CASA! PERO ¡SUPONGO QUE DAISY SE LAS HA COMIDO! ¡¿QUÉ?! ¡¡NO, NO ES UNA BROMA...!!".

Pero no lo he hecho. He inspirado hondo varias veces para tranquilizarme.

Veamos, si yo fuera Brianna y Daisy, ¿ADÓNDE iría y QUÉ haría?

Tenía que meterme en sus cabecitas, es decir, pensar como un animal revoltoso y medio salvaje y como una perrita monísima y juguetona.

También tenía que tener en cuenta que a una de las dos le gusta jugar en el parque con los amigos. Y que a la otra le encanta corretear de un lado a otro persiguiendo perros hasta quedar completamente agotada y hacer pipí en la hierba cuando yo no la veo.

¡MADRE MÍA!

¡La RABIA que me da que haga eso!

¡Y mira que se lo he dicho MIL veces: "Brianna,
ANTES de ir al parque tienes que ir al lavabo"!
¡Pero NUNCA me hace caso!

Lleva tres días rogándome que la lleve al parque
para perros. Pero desde que pasó el lío de las
invitaciones, he estado SUPERocupada escribiendo
postales para cancelar mi...

¡Un momento! ¿No será eso?

El... ¡¿PARQUE PARA PERROS?!

¡MADRE MÍA!

¡¡LO MÁS SEGURO ES QUE BRIANNA Y DAISY HAN IDO AL PARQUE PARA PERROS!!

He recorrido trotando las tres manzanas hasta allí.

Si NO encontraba a Brianna en el parque, no me quedaría más remedio que llamar a mis padres y avisarles de que se había perdido.

Cuando he llegado, no he visto ni a Brianna ni a Daisy por ninguna parte.

Pero sí que he visto una multitud reunida junto a las fuentes. A veces, las tiendas para animales del barrio se ponen ahí para regalar muestras gratuitas de sus productos nuevos.

No sabía de qué iba, pero todo el mundo estaba SUPERemocionado.

Además de una larga cola de dueños con sus perros, había un grupo todavía más numeroso rodeando una especie de pequeño puesto.

Como con tanta gente no podía ver nada, me he encaramado a una mesa de pícnic.

He echado un vistazo y casi me DESMAYO...

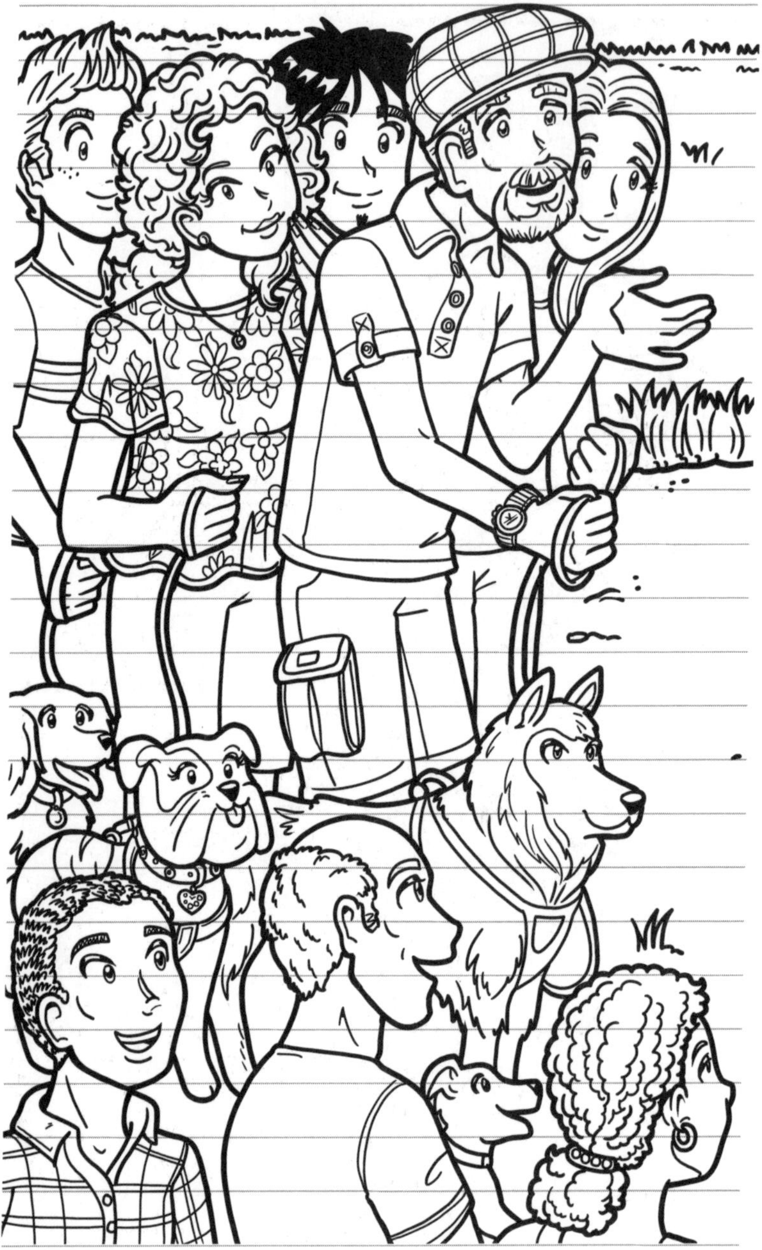

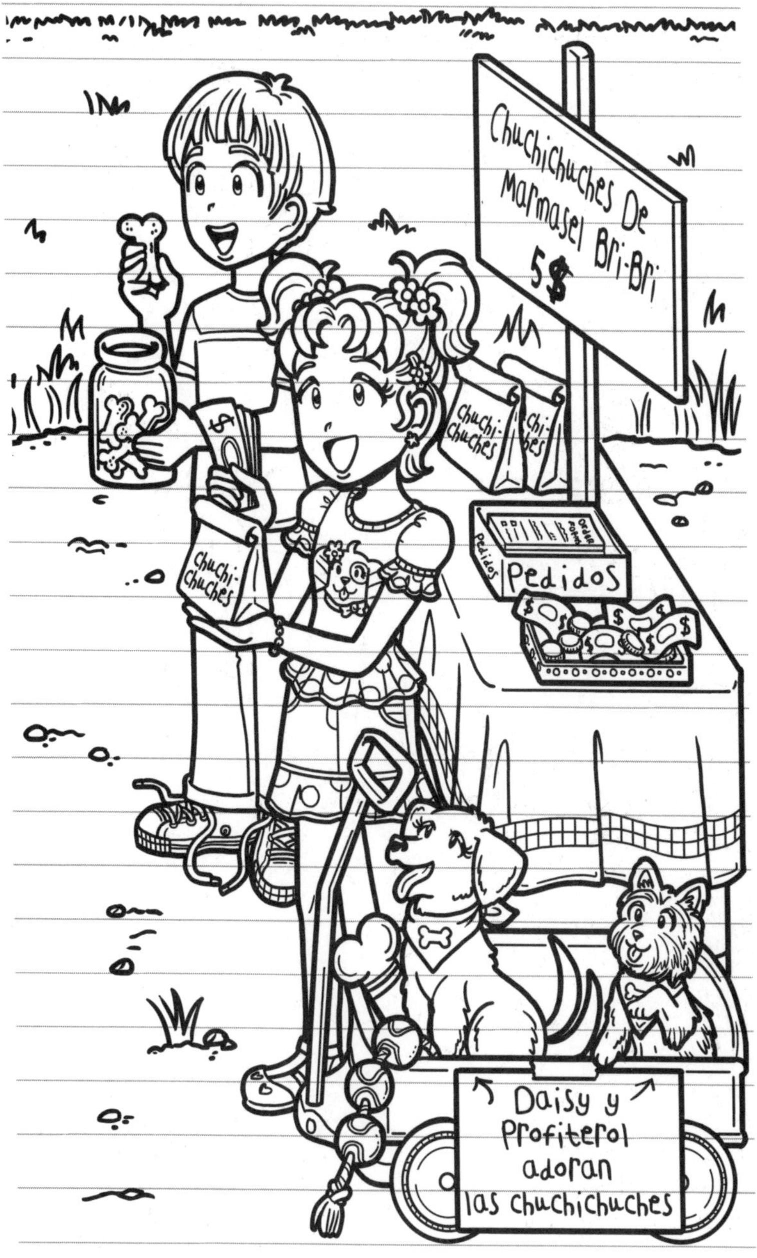
Chuchichuches De Marmasel Bri-Bri
5$
Chuchi-chuches
Chuchi-chuches
Pedidos
Daisy y Profiterol adoran las chuchichuches

¡¡Era BRIANNA!!

¡Ella y Oliver estaban delante de aquella multitud con Daisy y Profiterol (el yorkie tremendo y algo loco de la señora Wallabanger)!

Los dos perritos llevaban los mismos pañuelos rosas en el cuello.

Brianna había cubierto un banco del parque con el mantel rosa de mamá y había montado un puesto monísimo, con cartelitos y todo, para sus galletas.

Con el pequeño detalle de que las había llamado "Chuchichuches de Mamuasel Bri-Bri" y las vendía a 5 dólares la bolsita de tres galletas.

¡Sí! ¡Cinco dólares!

¡¡Era ASOMBROSO!!

Los niños NORMALES venden limonada a 25 centavos el vaso. Brianna era una minimagnate de los negocios y el marketing con coletas y camiseta de perrito.

222

Oliver repartía muestras entre los amos y sus perros. En cuanto las probaban, ¡AMOS Y PERROS se ponían literalmente a SUPLICAR más!

Daisy y Profiterol estaban ocupados entreteniendo a los clientes haciendo monerías. ¡Y Brianna se encargaba de dar las BOLSITAS de Chuchichuches y de recoger cantidades INGENTES de dinero!

Me parece bien que los niños pequeños tengan grandes sueños, ¡PERO NO si es a costa de enredar a víctimas inocentes para que gasten su dinero duramente ganado en comer galletas para perros que seguramente NO son aptas para los HUMANOS ni para los PERROS!

¡He tenido el mal presentimiento de que esto NO podía acabar bien! ¡Como hermana mayor de Brianna no me quedaba más remedio que intervenir para parar aquello antes de que se le FUERA de las manos!

Quería abrirme paso entre la multitud para llegar hasta ella, pero me lo han cerrado un hombre grande y rechoncho con su bulldog grande y rechoncho. Ambos me han mirado igual de mal con sus carrillos colgantes...

¡NO SÉ QUIÉN ERA MÁS MALO, SI EL TIPO O SU PERRO!

"¡Eh, tú, no te cueles!", ha gritado el hombre. "¡Ya sé que también quieres Chuchichuches, pero la cola está allí atrás! ¡Andando!". Y me ha señalado el final de una cola de una treintena de personas.

"Er... la verdad es que NO he venido a hacer cola por las Chuchichuches", he balbuceado.

Y entonces una señora remilgada de pelo encrespado y su perra de pelo encrespado me han mirado mal...

¡NO SÉ QUIÉN ERA MÁS CREÍDA, SI LA SEÑORA O SU PERRA!

"¡Jovencita, tendrás que AGUARDAR tu turno como todos nosotros! ¡Cupcake y yo llevamos veinte minutos esperando pacientemente en la cola!", me ha reñido.

"¡No lo entienden! NO estoy colándome para comprar Chuchichuches", he dicho. "¡Aquella niña es mi HERMANA y tengo que hablar con ella!".

Entonces va el hombre y se burla de mí: "¡Buen intento, chavala! Lo mismo ha dicho aquella adolescente que lleva un chihuahua en el bolso. ¡Pero no volveré a caer en la trampa! Y ahora ¡LARGO antes de que Albóndiga se enfade!".

Albóndiga ha gruñido, se ha relamido y luego me ha mirado como si yo fuera, er..., una albóndiga o algo por el estilo, en tamaño humano. ¡¡AY, MADRE!! ¡☺!

"¡Eo, Nikki!", ha gritado Oliver contento de verme. "¡Menos mal que has venido! ¡Creo que Brianna necesita ayuda!".

Les he dirigido una mirada de paciencia a los dos gruñones de la cola y he corrido hacia Brianna y Oliver.

"¡Tenga, señora!", decía Brianna mientras tendía a una clienta su última bolsa de Chuchichuches. "¡Espero que usted Y su perro las disfruten!".

"¡YA lo hemos hecho!", ha contestado la mujer, casi babeando. "¡Nos hemos comido la primera bolsa y nos ha ENCANTADO! ¡Qué suerte que hemos podido volver al parque a por otra antes de que se te acabaran!".

"¡¿ACABARAN?! ¡¿Está diciendo que se han ACABADO?!", ha vociferado el tipo del bulldog. "¡ESPERO QUE SEA BROMA!".

"¡NO SE PUEDEN HABER ACABADO! ¡CUPCAKE TENDRÁ UN DISGUSTO! ¡¡LE HE PROMETIDO CHUCHICHUCHES!!", ha gritado la señora remilgada.

La multitud ha empezado a protestar, patear y silbar.

Y luego se han puesto a corear: "¡¡QUEREMOS CHUCHICHUCHES!!, ¡¡CHU-CHI-CHU-CHES!!".

Mi reacción inicial hubiera sido salir corriendo de allí. ¡Sufro ALERGIA a las TURBAS DESCONTROLADAS!

Si me he quedado es solo porque a mis padres NO les haría mucha gracia que esta noche durante la cena les contara que he dejado a Brianna en el parque para perros delante de una manada de animales salvajes y feroces.

¡Y NO precisamente los PERROS!

¡Sino sus DUEÑOS! ¡☹!

He avanzado con mucho cuidado un par de pasos hacia la multitud y he gritado a pleno pulmón:

"¡Atención todos! ¡Lo siento mucho, pero se han acabado las Chuchichuches! ¡Tenemos que bajar la persiana... PARA SIEMPRE!".

"¿Y QUIÉN dice que hay que cerrar?", ha contestado Brianna. "¡TÚ no MANDAS, Nikki! El negocio no se cierra hasta que YO lo DIGA!".

Y se ha subido a la mesa para dirigirse a su horda de clientes insatisfechos.

"¡Eo, gente! ¡Atención, por favor! ¡AÚN podrán tener sus Chuchichuches! Rellenen la hoja de pedido y se las haré llegar cuanto antes. ¡O también

las pueden comprar... en línea en mi... er... web,
Chuchichuches de Mamuasel Bri-Bri!"...

BRIANNA, ¡¿ANUNCIANDO SU NUEVO
NEGOCIO DE CHUCHICHUCHES?!

Pero i¿cómo podía MENTIR así a toda aquella gente?! ¡NO tenía ninguna web!

¡Si ni siquiera sabe cómo se ESCRIBE "web"!

Le he lanzado una mirada asesina y he susurrado en voz baja: "¡Brianna! Pero i¿QUÉ estás diciendo?! ¡¡Tú NO tienes web!!".

Le ha dado la risa nerviosa, se ha aclarado la garganta y ha seguido hablando. "Er... bueno, quería decir que pueden visitar mi web de mamuasel Bri-Bri, que voy a hacer. Un día. Muy pronto. ¡Seguramente!".

Entonces se ha estampado una sonrisa inocente en la cara y se ha encogido de hombros como si se hubiera hecho un poco de lío con el tema de la web.

¡Y la multitud se ha puesto a aplaudir y gritar vivas!

Luego se ha producido una estampida salvaje hacia la pila de hojas de pedido que Brianna había escrito con su malísima letra.

Oliver, Brianna y yo nos hemos tenido que proteger detrás de la mesa para evitar que nos chafara la masa de humanos felices y perros encantados.

Al final se nos han acabado las hojas de pedido.

Y entonces la gente ha empezado a darnos trocitos de papel para que apuntáramos el nombre de la web inexistente de Brianna.

Que Brianna iba a hacer.

Un día. Muy pronto.

¡Seguramente!

La gente estaba tan desesperada por tener las Chuchichuches de Mamuasel Bri-Bri que muchos incluso han pagado ya su pedido.

Cuando por fin se ha dispersado la multitud, la carretilla roja de Brianna rebosaba billetes de cinco dólares.

¡MADRE MÍA! ¡Parecía que había robado un banco o algo por el estilo!...

Daisy y
Profiterol
adoran
las chuchichuches

¡LA CARRETADA DE DINERO DE BRIANNA!

Menos mal que Brianna había llevado la mochila y pudimos meter el dinero y las hojas de pedido dentro.

Ya me contarás cómo piensa cumplir Brianna todos esos encargos de Chuchichuches. Además, necesita una web para... ¡AYER!

Me ENCANTARÍA ayudarla, pero bastantes problemas tengo yo.

A lo mejor le puede ayudar nuestra madre. O podría ser el proyecto perfecto para ganarse la insignia como magnate de los negocios infantil en su tropa scout.

En fin, mañana Chloe, Zoey y yo hemos quedado para preparar las postales que enviaremos a todos mis invitados para avisarles de que mi fiesta de cumpleaños se ha cancelado.

Zoey dice que, si las enviamos antes del martes, el jueves las habrá recibido todo el mundo.

¡Y por fin habrá pasado la pesadilla del cumpleaños!

¡¡☹!!

Escribir una carta para explicar por qué CANCELABA mi fiesta de cumpleaños estaba siendo mucho más difícil de lo que había pensado...

Querido/a *nombre del/la invitado/a*:

Siento mucho informarte de que, por circunstancias ajenas a mi control, debo cancelar oficialmente mi fiesta de cumpleaños. Ruego me disculpes por las molestias y te aseguro que en el fondo estoy haciéndole a todo el mundo un GRAN favor. Comer un trozo de mi pastel de cumpleaños con sabor a pizza–helado–sushi–tortitas–sopa–de–almeja–y–caramelos–de–colores mientras nos obligaban a mirar a un puñado de ancianas bailando la danza del vientre al son de un acordeón hubiera provocado con toda probabilidad vómitos proyectivos y un trauma psicológico irreversible. Si tienes alguna pregunta, queja o simplemente ganas de gritarle a alguien por cargarse tu fin de semana, dirígete a mi coordinadora social, Chloe García.

Atentamente,
Nikki Maxwell

Sí, mi carta era un poco dura.... ¡con CHLOE! Aunque lo de las invitaciones había sido culpa suya, arrojarla a los leones para que gestionara las reclamaciones por la CANCELACIÓN era un poco injusto.

"¡Bonyur, queguida!". Mis pensamientos se han visto interrumpidos por una voz familiar. ¡GENIAL! ¡☹!

¡ERA MADEMOISELLE BRI-BRI! ¡OTRA VEZ!

"¿QUÉ hases en MI cafeteguía? ¿Tienes guesegva?", ha preguntado de forma bastante grosera.

"¿Cómo te lo diría? Todo parece indicar que ¡estoy sentada a la mesa de MI cocina!", le he replicado.

"No, queguida, ¡ESTO es un negocio! Y en mi cafeteguía está tegminantemente PROHIBIDO HOLGAZANEAR. Así que, a menos que quiegas una guesegva, ¡DISCULPA, PEGO ADIÓS!".

La he mirado con cara de paciencia. Me NEGABA a esperar tres meses por una mesa. "¡No, gracias, ya me voy!", he contestado.

"¡ESPEGA!", ha dicho. "Hagamos un trato. Necesito mucho una web. Si tú me hases una web, te pagagué con Chuchichuches. Y te dejagué estar en mi cafeteguía. Es un buen trato, ¿ui?".

"¡NO!", he gruñido. "¡Me voy, me voy! ¡ADIÓS!".

"¡ESPEGA!", ha insistido. "¿Y si te pago con... DINEGO?".

Ha sacado un fajo de billetes de cinco dólares y me lo ha paseado ante las narices varias veces como si intentara hipnotizarme o algo por el estilo.

¡De repente yo era toda oídos!

"Er... ¡VALE! ¡Te escucho!", he musitado.

"¡A todos les ENCANTAN mis deliciosas Chuchichuches! No pueden guesistigse a ellas ni los pegos NI los humanos", ha dicho mademoiselle Bri-Bri. "¡Me voy a haceg TAN guica que podré compragme un BEBÉ UNICOGNIO! Pero necesito una socia. Si me ayudas, ¡TÚ también te puedes haceg SUPERguica, queguida!".

De verdad que ESO era la TONTERÍA más grande que había oído nunca.

Soy consciente de que todos tenemos sueños y esperanzas, incluida la mimada de mi hermana. Pero ¡ANDA YA! Hay cosas que van más allá de lo posible.

¡Todos saben que los BEBÉS UNICORNIO no existen!...

¡¿BRIANNA SE COMPRA UN BEBÉ UNICORNIO?!

Lo único que era aún MÁS increíble que eso era que me acababan de ofrecer la oportunidad de ganar un buen dinerito. He sacado la calculadora y he sumado rápidamente el dinero de las Chuchichuches vendidas y de los pedidos. ¡Subía a 970 dólares! Restando los gastos, si dividíamos las ganancias al cincuenta por ciento, cada una obtendría unos 400 dólares.

¡MADRE MÍA! ¡Con eso daba para pagar la piscina y casi todo lo demás de la fiesta de mi cumpleaños! ¡☺!

"¡Muy bien, mademoiselle Bri-Bri! ¡Trato hecho!".

Mademoiselle Bri-Bri me ha dado un fuerte apretón de manos sonriendo. "¡Bienvenida al negocio, queguida!".

Le he hecho una foto mona a Daisy con mi móvil y en cuestión de una hora ya tenía una web en marcha...

¡LA WEB DE LAS CHUCHICHUCHES!

Brianna y yo hemos pasado el resto del día trabajando diligentemente en nuestra nueva empresa.

Hemos ido en bici a la tienda para comprar ingredientes y bolsitas, cinta, etiquetas y cajas.

De vuelta a casa, mientras Brianna utilizaba su hornito Petit Chef, yo he puesto el de la cocina, mucho más grande. Como en cada bandeja cabían dos docenas de galletitas, en unas horas hemos horneado y decorado suficientes galletas para atender a todos los pedidos.

El último paso era prepararlos para enviarlos a los clientes.

He impreso etiquetas con direcciones en el ordenador y hemos colocado las bolsitas de galletas en cajas.

No me preguntes cómo, pero Brianna ha acabado con más etiquetas pegadas al cuerpo que a las cajas.

¡Daisy también ha ayudado limpiando el suelo de cualquier galletita que caía sin querer!...

¡DAISY, AYUDANDO
A MANTENER EL SUELO LIMPIO!

Nuestro negocio de Chuchichuches era mucho trabajo, pero he decidido mirar el lado bueno de las cosas.

¡¡Cada pedido que preparaba era un paso que daba hacia mi FIESTÓN SUPERincreíble y SUPERépico!!

A Brianna se le ha ocurrido mirar nuestra nueva web a ver si habían entrado más pedidos.

Y hemos visto alucinadas que en las pocas horas que hacía que habíamos hecho la web habían entrado ya una docena de pedidos nuevos.

¡¡YAJUUUUUUU!! ¡☺!

Cuando mi madre ha llegado de trabajar ya lo teníamos todo listo para enviar.

¡Y no te lo pierdas! ¡Ha dicho que estaba muy ORGULLOSA de nuestro trabajo en equipo!

¡Menudo ALIVIO que mi madre no se haya ENFADADO por montar un negocio sin pedirle permiso antes!

Además, para procesar los pedidos no pagados necesitábamos la contraseña de su cuenta de PayTal.

Mi madre se ha ofrecido a llevar los pedidos a correos mañana por la mañana de camino al trabajo.

¡Eran muy buenas noticias porque yo no quería volver a ver nada relacionado con correos EN LA VIDA!

¡Sobre todo porque AÚN tenía pesadillas sobre Chloe, Zoey y yo chocando contra aquel pobre empleado! ¡Al pobre tipo no le quedó literalmente un zapato en su sitio!

En cualquier caso, y tal y como habíamos quedado, mis BFF han venido después de cenar a ayudarme a escribir las postales para CANCELAR la fiesta.

Estaban un poco enfurruñadas con el tema, lógicamente.

¡Apenas podía contener la emoción sobre la gran SORPRESA que les tenía preparada!...

¡YO, ENSEÑANDO A MIS BFF EL DINERO PARA PAGAR MI FIESTA DE CUMPLEAÑOS!

¡Chloe y Zoey estaban tan alucinadas y contentas que han empezado a gritar!

Nos hemos dado un abrazo de grupo y hemos reanudado los preparativos de la fiesta.

Ahora tengo suficiente dinero para pagar la piscina, y tengo de plazo hasta el miércoles.

Aunque mademoiselle Bri-Bri, repostera de las estrellas, está un poco LOKAA, me alegro de que me ofreciera un negocio que no podía rechazar.

¡Estoy muy orgullosa de mi hermanita! ¡Seguro que se hará millonaria antes de los diez años!

Ya que la fiesta vuelve a celebrarse, mis BFF y yo hemos decidido quedar mañana a mediodía en el Palacio de las Fiestas para comprar decoraciones y complementos.

¡Tengo TANTAS ganas de que llegue!

¡¡YAJUUUUUUUU!!

¡¡☺!!

¡Cada vez que voy al Palacio de las Fiestas ALUCINO pepinillos! Además de ser MONUMENTAL, ¡tiene TODOS los temas de fiestas que te puedas imaginar!

¡Para TODAS las ocasiones!

¡Para TODOS los grupos de edad!

¡En TODOS los colores!

¡Y allí estábamos hoy nosotras, comprando para MI fiesta de cumpleaños! ¡YAJUUUUU! ||☺!!

Pensaba ir a depositar el pago de la piscina de camino a la tienda cuando me he encontrado con mi amiga Violet.

Cuando se ha enterado de que aún no tenía DJ para la fiesta, ¡se ha ofrecido a hacerlo ella como su particular regalo de cumpleaños!

¡Me he alegrado TANTO que le he dado un abrazo

enorme! Violet tiene una colección superMOLONA
de la música más guay, y ya hizo de DJ en Halloween.

Total, que gracias a las ventas de Chuchichuches y
a la generosidad de mi madre (que pagará el pastel,
el ponche, la pizza y los aperitivos), ahora teníamos
200 dólares (bien guardados en mi bolsillo trasero)
para gastarlos en artículos de fiesta guapos.

Nada más entrar en la tienda estaba la sección de
sombreros de fiesta LOKOOS. Chloe y Zoey han
cogido una enorme corona de plástico con luces
intermitentes de colores que cantaba Cumpleaños
Feliz ¡y me han RETADO a llevarla!

¡Oye! Después de las humillaciones pasadas en el
insti cada día, ponerme una estúpida corona era
fácil. ¡Me la he puesto y nos hemos sacado una
selfi megagraciosa poniendo labios de pato!

Zoey ha ido a por un carrito y Chloe y yo nos
hemos subido de un salto. Luego hemos recorrido a
toda pastilla la tienda, riendo histéricas mientras yo
cantaba con la musiquita machacona de mi corona...

¡MIS BFF Y YO, COMPRANDO DE TODO
PARA MI FIESTA!

El departamento de fiestas de playa era de lo más colorido y ocupaba todo un pasillo. ¡La de cosas que había allí! ¡He FLIPADO! No sabía que podía haber tantos temas distintos solo para fiestas de playa: Paraíso Tropical, Surferos, Sirenas, Monstruos Marinos, Superviviente, *Vaiana*, Isla Desierta... y esto son solo algunos ejemplos.

"¡HUALA! ¡Mirad todo esto! ¡Es ALUCINANTE!", ha exclamado Chloe.

"¿Qué, Nikki? ¿Ya sabes qué tema quieres?", ha preguntado Zoey. "¡Todos MOLAN un montón!".

"¡Pues la verdad es que no tengo ni idea!", he soltado. "¡AYUDADME! ¡No me decido!".

Chloe se ha llevado la mano al mentón. "A ver, ¿cómo lo quieres? ¿Fino, atrevido, artístico, retro o glam?".

"¡Venga, chicas, relajémonos un poco! ¡Es una fiesta de cumpleaños, no un lanzamiento espacial!", ha bromeado Zoey mientras mirábamos encantadas una falda de hierba SUPERmona con su corona de flores...

¡HABÍA MUCHAS COSAS SUPERMOLONAS!

Al final hemos elegido el paquete Paraíso Tropical porque era el que cuadraba más con las invitaciones.

Encima, justo en ese momento han anunciado por el altavoz una oferta de 2x1 en todos los artículos de fiestas temáticas.

"¡MADRE MÍA! ¡Me ENCANTA todo esto!", he dicho. "¡Y ahora encima con la oferta podemos comprar el DOBLE! ¡Adelante, chicas, a comprar hasta morir!".

Chloe se ha ido a por otro carrito mientras Zoey y yo arrasábamos con los artículos de los estantes.

La gente se lanzaba sobre los estantes como buitres hambrientos. En pocos minutos, la sección de fiestas de playa ha quedado casi vacía.

¡Pero mis BFF y yo ya teníamos dos carros llenos de cosas guais! ¡Comprar para mi fiesta ha sido una PASADA total! ¡☺!

Por fin ya lo teníamos todo y hemos ido a hacer cola en las cajas para pagar.

Mientras esperábamos en la cola, he buscado los 200 dólares en el bolsillo trasero. ¡Y ahí es donde casi me da un INFARTO!...

¡NOOO! ¡HE PERDIDO EL DINERO!

YO

¡Sí! ¡Mi dinero había desaparecido!

Solo escribir sobre esto ya me agota. ¡Acabaré de contarlo mañana!

¡¡☹!!

Todo esto de la fiesta ha sido como subir a una vertiginosa e infinita...

¡MONTAÑA RUSA!

¡Y justo cuando crees que se ha acabado el viaje y vas a bajarte, vuelve a arrancar y empieza a hacerte girar hasta que te mareas, te pone boca abajo hacia el vacío hasta que sientes que vas a vomitar y luego te deja caer en picado a sesenta metros de altura!

Y yo solo quiero bajarme de una vez y recuperar mi vida anterior.

¡¡No sabía dónde había perdido el dinero de la fiesta!!

¡Estaba TAN furiosa conmigo misma!

Mientras Zoey iba a preguntar a la encargada si alguien había encontrado mi dinero, Chloe y yo nos pusimos a recorrer de arriba abajo todos los pasillos, intentando desandar lo andado.

253

¡Pero no había nada que hacer! ¡¿De verdad iba a tener que volver a CANCELAR mi fiesta?!

Rompí a llorar allí mismo en la tienda, mientras Chloe y Zoey hacían todo lo posible para consolarme...

¡CHLOE Y ZOEY, ABRAZÁNDOME FUERTE!

Se ve que sin querer apretamos algún botón de la estúpida corona de cumpleaños, porque empezó a sonar otra vez la cancioncilla de felicitación.

Me pilló por sorpresa que Chloe y Zoey se pusieran a cantarme Cumpleaños Feliz, aunque creo que nunca he oído una versión tan TRISTE, porque las dos estaban también bastante hechas polvo.

Empezaron cantando tímidamente y más bien flojito pero cuando llegaron a la última frase le pusieron toda la pasión y corazón, sin cortarse, como si fuera una balada de Katty Perry o algo por el estilo.

¡Mis BFF hicieron eso para que YO me sintiera mejor porque les IMPORTO! Cuando por fin terminaron de cantar, yo tenía un nudo enorme en la garganta.

"¡Gracias, chicas!", dije sorbiendo por la nariz. "Lo SIENTO mucho, porque me habéis ayudado muchísimo con esta fiesta y teníais casi MÁS ganas que yo de celebrarla. Y ahora, sin el dinero, ¡lo he echado todo a perder!".

"¡Nikki, era tu día y la que importabas eras TÚ!", dijo Chloe. "¡Y, en vez de eso, nos metimos nosotras por medio, intentando causar buena impresión y hacernos más populares para que nos invitaran a fiestas! ¡Te hemos decepcionado!".

"¡Hemos tratado tu cumpleaños de forma egoísta, como si fuera un gran evento social, y no una celebración para la amiga más dulce, amable y comprensiva que hay! Supongo que las dos nos dejamos llevar por la emoción", explicó Zoey.

"¡¿Nos perdonas?!", preguntaron las dos al unísono.

"¡Pues claro!", exclamé. "¡Sois las mejores amigas del MUNDO! ¡Y NUNCA olvidaré lo que nos hemos divertido hoy! ¡Sobre todo cuando íbamos haciendo el burro metidas en el carrito y...!".

"¡MADRE MÍA! ¡¡EL CARRITO!!", gritamos.

Las tres nos lanzamos sobre el primer carrito, a excavar como locas entre la montaña de artículos. ¡Allí estaban, debajo de todo, los 200 dólares!

¡Se me habían caído del bolsillo!

¡MADRE MÍA! ¡Menuda alegría! ¡Y menudo ALIVIO!

Y, como mi fiesta VOLVÍA a celebrarse...

¡... FUIMOS CORRIENDO A LA CAJA ANTES DE QUE PASARA CUALQUIER OTRO DESASTRE!

En cuanto llegamos a mi casa, llevamos todas las bolsas a mi habitación.

Luego repasamos a fondo la lista para la fiesta.

Ya teníamos la piscina, la comida, el pastel, la decoración, los artículos de fiesta, los juegos y la DJ.

¡Todo estaba listo para mi fiesta de cumpleaños!

¡YAJUUU! ¡☺!

Cuando Chloe y Zoey se fueron, me dejé caer agotada encima de la cama.

Estaba contenta y me sentía muy bien por tener POR FIN mi vida bajo control.

Pero de pronto sonó un aviso en el móvil.

Y, dos segundos después, otro. Eso significaba que acababa de recibir dos emails. Les eché un vistazo y solté un gemido enorme...

DE:	Asunto:
Trevor Chase	Tu itinerario gira Bad Boyz
Madame Danielle	Tu itinerario viaje París

¡GENIAL!

¡Tenía mi vida bajo control, sí!

Durante... ¡treinta segundos!

¡¡☹!!

JUEVES, 26 DE JUNIO

¡GENIAL! ¡☹!

¡Ahora sí que estoy metida en un BUEN LÍO!

¡Pero todo es culpa MÍA!

Fui tan IDIOTA como para comprometerme con la gira de los Bad Boyz Y el viaje a París.

¡AL MISMO TIEMPO!

¡¡Hay que ser MUY DESGRACIADA para hacer algo así!!

Tengo que avisar cuanto antes a Trevor Chase de que NO iré de gira.

Pero me da PÁNICO.

¡Me siento muy CULPABLE porque Chloe, Zoey y Brandon quedarán hechos POLVO cuando se enteren!

¡Soy la PEOR amiga del mundo! ¡☹!

Mi fiesta es dentro de cuarenta y ocho horas
y se acaba el tiempo.

¡Al final he decidido arrinconar todos mis miedos y hacer
frente con VALENTÍA a mi MAYOR problema!

Ignorar un asunto tan serio podría provocar un
vergonzoso DESASTRE en mi fiesta.

Así que he hecho lo que haría cualquier chica
condenada a llevar un horrible TRAJE DE BAÑO negro,
viejo y rasposo de la clase de socorrismo del colegio.

¡He corrido al centro comercial a comprar un traje
de baño NUEVO chic y estiloso para mi fiesta!

¡PROBLEMA RESUELTO! ¡☺!

¿Qué quieres? ¡Soy la CUMPLEAÑERA! ¡Tengo que
estar SUPERmona por obligación!

¡¿No?!...

¡MODELO
SANDUNGUERA
SOLEADA!

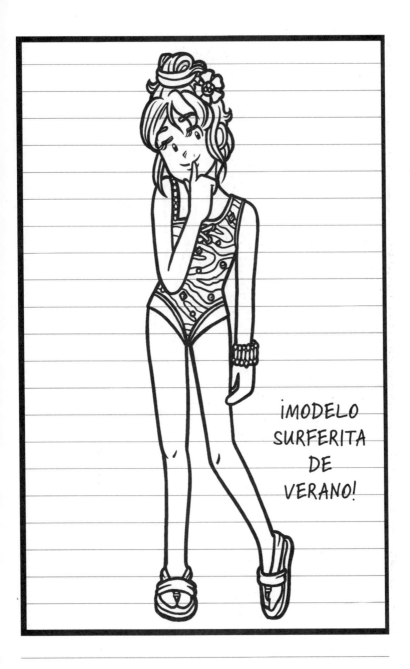

¡MODELO SURFERITA DE VERANO!

¡MODELO GLAMUROSA EN ORO Y PLATA!

¡MODELO
DINÁMICA
DINAMITA!

¡Lo he pasado genial probándome los trajes de baño con distintos zapatos y peinados! ¡Me gustaban TODOS!

Iba enviando selfis a Chloe y Zoey, por supuesto. Les ha encantado mi PROBATÓN de bañadores y me han dicho que parecía una modelo de verdad.

¡Al final hemos optado por el modelo Dinámica Dinamita, porque los "tankinis" están de moda!

¡TAMBIÉN he decidido RETRASAR lo de contar que no iré a la gira de los Bad Boyz hasta DESPUÉS de mi fiesta de cumpleaños! ¡LO SÉ! ¡LO SÉ! Mis amigos se merecen conocer mi decisión final. Pero es que aguaría la fiesta, y lo último que quiero es verlos hundidos y hechos polvo en mi cumpleaños.

¡Tampoco pasa nada por esperar un par de días más!

Después de todo, ¡¿QUÉ podría salir mal en solo cuarenta y ocho horas?!

¡☺!

¡¡MAÑANA ES MI FIESTA DE CUMPLEAÑOS!!

¡¡YAJUUUU!!

¡He pasado por tantos MELODRAMAS este mes que creía que NUNCA llegaría el día!

Me siento como si hubiera cancelado la fiesta cien veces por una u otra razón.

¡Chloe y Zoey ya han llegado, escribiré deprisa!

Esta tarde vamos las tres con nuestras madres a la piscina para los primeros preparativos de mi fiesta.

Y así ya estará casi todo listo para mañana.

¡MADRE MÍA!

¡No puedo creer que Brandon me acabe de escribir para decirme que pasará a ayudarme!

¡¡YAJUUUU!!

¡HASTA LUEGO! ¡Volveré a escribir mañana (si encuentro el momento)!

¡¡☺!!

¡MADRE MÍA! ¡Mi fiesta de cumpleaños está siendo más PERFECTA de lo que podía imaginar! Está siendo...

¡¡MARAVILLOSA!! ¡¡☺!!

Me he escapado un momentito para escribir en el diario porque quiero recordarlo todo ¡¡PARA SIEMPRE!!...

MI PRECIOSO PASTEL DE CUMPLEAÑOS
(QUE NO HA HECHO MADEMOISELLE BRI-BRI)

¡TODOS MIS AMIGOS HAN VENIDO A MI FIESTA!

¡Y TAMBIÉN ALGUNAS DE MIS AMIENEMIGAS!

¡CHLOE, ZOEY Y YO CON NUESTROS
CONJUNTOS TROPICALES SUPERMONOS!

CON ANDRÉ EL GUAY Y MAX C EL LOKOO

CON MI FAMILIA

¡Además de que la fiesta ha sido una PASADA,
ha habido varios MOMENTOS MEMORABLES!...

EL MOMENTO MÁS "VIRAL"

¡TODO EL MUNDO HACIENDO DABS Y BAILES
DE FORTNITE, COMO EL FLOSS, EL HYPE
Y JUSTICIA NARANJA!

¡VIOLET, CHASE Y YO EN UN UNICORNIO CAMINO
DE LA ISLA DEL BEBÉ UNICORNIO PARA
VISITAR A LA PRINCESA HADA DE AZÚCAR!

¡MADEMOISELLE BRI-BRI, COBRANDO A MACKENZIE Y A TIFFANY 25 DÓLARES POR COMER QUINCE GALLETAS PARA PERROS!

¡BRANDON Y YO HACIÉNDONOS UNA SELFI!

¡¿Qué más puedo decir?! ¡Mi fiesta está siendo ÉPICA!

Con toda la confusión sobre si HACÍA O NO HACÍA la fiesta, nunca acabé de quedar ni con Brandon ni con André para que fueran mi pareja.

Por eso me ha encantado que hayan venido los dos y no se hayan tirado de los PELOS como dos niños pequeños malcriados.

Entre todos juntos lo hemos pasado muy bien.

Ha venido TODA la gente a la que he invitado. Ha sido SUPERguay que vinieran Max Crumbly, el gran amigo de Brandon, y mi amiga Chase, a la que conocí durante el intercambio con North Hampton Hills.

Además, la música que pone nuestra DJ Violet es una caña y MOLA mucho.

¡He dado las gracias a Chloe y Zoey por toda su ayuda y las he abrazado muy fuerte!

Esta fiesta NUNCA se habría celebrado sin SU

ánimo y SU apoyo Y, por supuesto, el libro tan MOLÓN que me regalaron. ¡Nos hacemos ricos viviendo del cuento! ¡Monta una fiesta! (Porque la vida es una fiesta y deberías sonreír mientras aún te quedan dientes.)

¡¡Son las MEJORES AMIGAS DEL MUNDO!!

¡MADRE, MÍA! ¡Hoy ha sido uno de los días MÁS FELICES de TODA MI VIDA!

¡¡YAJUUUUUU!!

Tengo que dejar de escribir ahora mismo. MacKenzie está SUPERmaja y quiere enseñarme su regalo de cumpleaños para asegurarse de que me gusta. Supongo que, después de todo, invitarla NO era tan mala idea.

¡Menos mal que no se ha CARGADO la fiesta como en aquella horrible PESADILLA!

¡¡☺!!

DOMINGO, 29 DE JUNIO

¿Recuerdas cuando ayer dije que en mi fiesta de cumpleaños todo estaba saliendo PERFECTO?

Bueno, pues... ¡¡me EQUIVOCABA!! ¡¡☹!!

¿Y recuerdas cuando dije que menos mal que MacKenzie no se había CARGADO mi fiesta como en aquella horrible pesadilla?

¡¡Por desgracia, también me EQUIVOCABA!! ¡¡☹!!

Tenía que haber SOSPECHADO algo cuando MacKenzie y Tiffany se hacían tanto las majas conmigo y no paraban de decir lo GENIAL que era mi fiesta y lo MUCHÍSIMO que me iba a gustar el FABULOSO regalo de cumpleaños que me habían comprado.

¡Y tenía que haber SOSPECHADO AÚN MÁS cuando INSISTIERON en que llamara a Brandon, Chloe y Zoey para que vieran mi fabuloso regalo! ¡Todo era un plan perverso para SABOTEAR nuestra amistad! ¡Porque ESTO es lo que pasó!...

¡MACKENZIE, YÉNDOSE DE LA LENGUA!

Chloe, Zoey y Brandon me miraron boquiabiertos.

¡En ese momento vi claramente que MacKenzie y Tiffany solo habían venido a mi fiesta para hacer algún MONTAJE de los suyos!

Chloe las miró con furia. "¡Estáis EQUIVOCADAS! ¡Si Nikki se fuera a París, nos lo habría dicho a nosotras ANTES, porque somos sus BFF!".

"¡Siento decepcionaros, chicas! ¡Pero no TODOS los chismes que oís son CIERTOS!", prorrumpió Zoey.

"¡Va, ya vale de vuestros montajes!", dijo Brandon suspirando. "Nikki prometió avisarnos si iba a París. Si lo que decís fuera cierto, lo habría hecho".

"¡¿VERDAD, NIKKI?!", preguntaron de pronto mis tres amigos, poniéndome entre la espada y la pared.

"¡PUES NO!", se burló Tiffany. "¡En la lista del viaje a París al lado de mi nombre aparece también el de Nikki! Llevo el email en mi móvil, si queréis os lo enseño".

¡¡GENIAL!! ¡¡☹!! ¡NO era así cómo pensaba contárselo a mis amigos! Debería haber sido sincera con ellos y decirles la verdad hace semanas.

"Bueno, chicos... ¡Es VERDAD! ¡Me... ME VOY a PARÍS!", he tartamudeado nerviosa. Por el rabillo del ojo he visto que André estaba detrás y que la cara se le iluminaba con una GRAN sonrisa.

"¡¿De VERDAD?!", me preguntaron incrédulos.

"¡¿Y POR QUÉ no nos lo has dicho?!", dijo Brandon.

"¡¿CUÁNDO pensabas decírnoslo?!", preguntó Zoey.

"¡¿CÓMO se te ha ocurrido?! ¡¿Te vas a París con Tiffany?! ¡Pero si todo el mundo sabe que TE ODIA A MUERTE!", me regañó Chloe.

Vale, mis amigos me acababan de hacer DEMASIADAS preguntas COMPLICADAS. "Pensaba decíroslo, er... DESPUÉS de la fiesta. Pero me daba mucho miedo que os pusierais tristes o que os enfadarais y lo he ido postergando", he mascullado.

"¡Nikki, somos tus AMIGOS! ¡Nos ALEGRAMOS por ti! ¡Con nosotros no tenías por qué mantener lo de París en SECRETO!", exclamó Zoey.

"¡¿AH, NO?! Er... quiero decir que NO hice eso, claro que NO, NUNCA!", mentí. "Mantener un secreto así con tus mejores amigos es muy... ¡FEO!".

"¡Sí, claro, estamos un poco DECEPCIONADOS!", protestó Chloe. "¡Y también un poco TRISTES! ¡Y puede que COMPLETAMENTE DESTROZADOS! Pero ¡lo superaremos! ¡Algún día!"...

¡MIS AMIGOS COMPLETAMENTE DESTROZADOS!

"¡Solo queremos que tus SUEÑOS se hagan realidad! ¡Nikki, tú te mereces París!", exclamó Brandon.

Y entonces pasó algo extrañísimo.

¡Mis amigos se pusieron a planear una fiesta de BUEN VIAJE!

¡Allí mismo, en mi fiesta de CUMPLEAÑOS!

¡¿A QUIÉN se le OCURRE?!

¡A los TONTOS, MARAVILLOS y PEDORREICOS de mis amigos, ya ves! ¡☺!

¡Los voy a echar MUCHO de menos! ¡☹!

MacKenzie y Tiffany nos dedicaron sonrisitas de suficiencia y miradas de paciencia. Me dieron unas ganas TERRIBLES de gritarles "¡CALLAOS!", aunque no estaban diciendo nada.

Llevo semanas estresándome un montón con lo de París y convirtiéndolo en un feo secreto para mis amigos.

¡Sin NINGUNA necesidad!

Una cosa está clara. ¡NO invitaré a esas REINAS DEL MELODRAMA a mi fiesta de buen viaje!

Tengo tres palabras para ellas: "¡LO TENÉIS CRUDO!".

¡☺!

¡Anoche apenas pude dormir! No paraba de pensar y de dar vueltas en la cama.

¡La fiesta había sido un gran éxito! ¡Mis amigos eran comprensivos conmigo! ¡Soy la socia de un próspero negocio de galletas para perros de la niña prodigio de fama mundial mademoiselle Bri-Bri, repostera de las estrellas! ¡Y me espera un verano SUPERemocionante!

Pero había algo que no me dejaba sentir bien. No sabía muy bien QUÉ era ni CÓMO solucionarlo.

Ayer me hizo mucha ilusión recibir la llamada de mi amiga Chase, que me contó que se lo había pasado muy bien en mi fiesta y que había conocido a un chico que se llamaba Max Crumbly. Le hablé de él y le dije lo majo que era. ¡No pude resistir la tentación de enrollarme sobre la buena pareja que harían! ¡☺!

Al principio, Chase y yo pensábamos compartir habitación en el viaje a París. ¡Pero para mi MALÍSIMA SUERTE, fue ella la que acabó en la lista de espera en lugar de esa reina del melodrama adicta a las selfis llamada Tiffany! ¡☹!

Bueno, el caso es que estaba relajándome con mi diario y procrastinando las postales que tenía que escribir para agradecer los regalos de cumpleaños...

¡...y ha entrado un mensaje muy RARO de Brandon!

Decía que acababa de recibir muy BUENAS
NOTICIAS y que quería contármelas en persona
en Dulces Cupcakes dentro de diez minutos.

¡¿DIEZ MINUTOS?! ¡¿QUÉ sería?!

Estaba bastante segura de que sería algún tema de
Fuzzy Friends, probablemente por aquella campaña
en la que colaboré. Brandon ADORA ese lugar y
se toma muy en serio lo de buscarles hogar a los
animales. Es una de las cosas que me encantan de él.

De pronto se me ha hecho un gran nudo en la garganta.
¡MADRE MÍA! ¡YA empezaba a echarlo de menos!

Y entonces se me ha ocurrido un plan BRILLANTE.

Primero he hecho un par de llamadas rápidas. Luego
me he sentado a escribirle a Brandon una carta muy
especial. Le he abierto mi corazón.

¡Cuando he llegado a Dulces Cupcakes, me he quedado
pasmada al ver que él también me había escrito una
carta a MÍ! Así que hemos hecho intercambio...

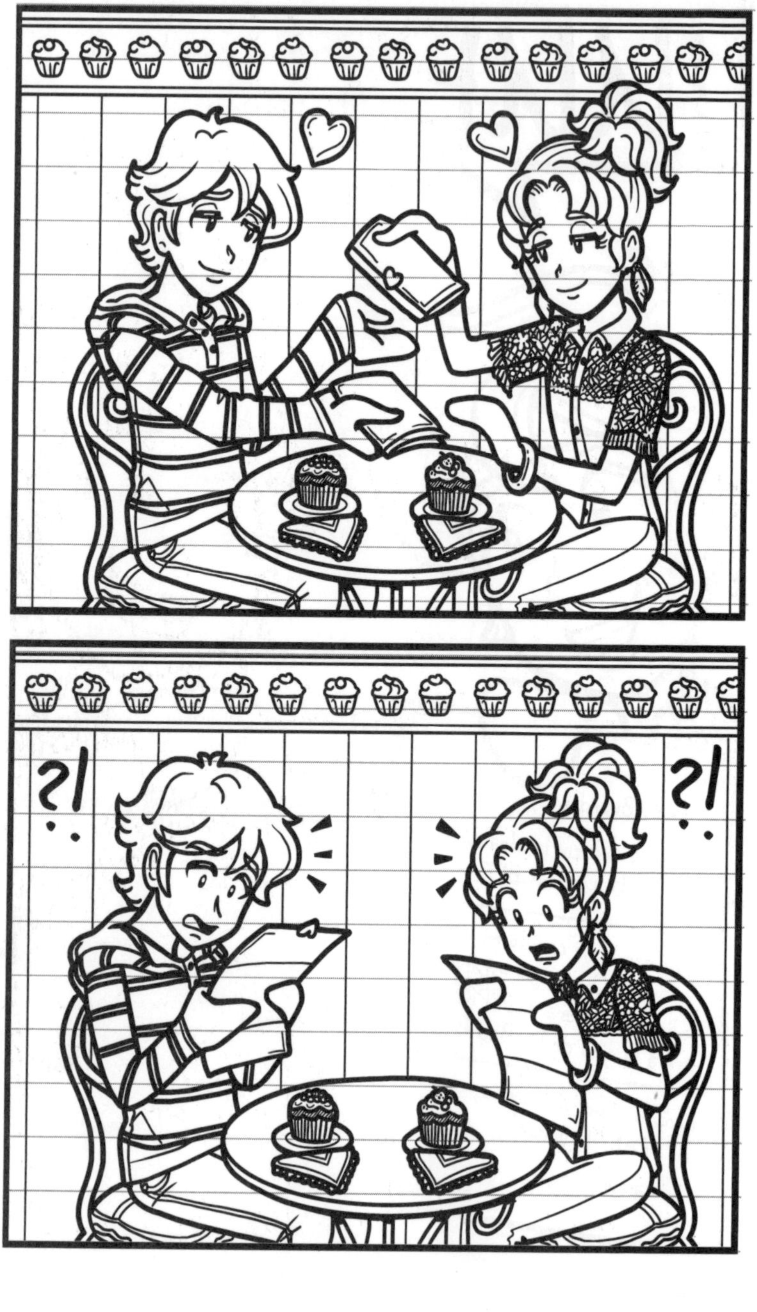
?!
?!

¡UUPS!

Querido Brandon:

No podía resistir la idea de estar lejos de ti y de mis BFF.

Por eso le he cedido mi viaje a París a Chase, que estaba en la lista de espera. ¡SORPRESA! ¡Iré a la gira de los Bad Boyz!

¡Nos lo vamos a pasar en GRANDE juntos!

Con amor,

Nikki

Querida Nikki:

¡He decidido saltarme la gira de los Bad Boyz y pasar el verano CONTIGO en París!

Por eso me he presentado voluntario para ser tutor de francés con una familia del instituto que estará de vacaciones cuatro semanas en París.

¡Tengo muchas ganas de ver las mejores vistas de París, incluida tú!

Brandon

¡Sí, es verdad!

¡Brandon y yo la HEMOS LÍADO PARDA!

¡Al principio nos ha dado mucha PENA!

El problema monumental que intentábamos solucionar era que YO estaría en París y ÉL con los Bad Boyz.

Y ahora habíamos invertido por completo la situación, y ÉL iba a estar en París y YO con los Bad Boyz.

¡SEGUIRÍAMOS estando muy lejos el uno del otro! ¡☹!

¡Nos hemos empezado a sentir algo INCÓMODOS!

Los dos habíamos confesado nuestros sentimientos y nos habíamos sacrificado de forma precipitada para estar juntos.

Cual románticos personajes de una versión moderna y cursi de *Romeo y Julieta* u otra... ¡TRAGEDIA!

¡Y luego nos hemos sentido muy TONTOS!

¡Al final nos ha salido el tiro por la culata a los dos y todo ha acabado siendo una broma CRUEL! Solo faltaba que alguien nos descubriera la cámara escondida gritando: "¡¡NOCENTES!".

Nos hemos quedado ahí sentados, mirándonos. Hasta que nos ha salido una sonrisa, luego unas risitas y al final no podíamos parar de reír. ¡Porque hay que reconocer que la situación era para MORIRSE DE RISA!

¡Estaba clarísimo que Brandon y yo nos GUSTÁBAMOS! ¡Y MUCHO!

¡YAJUUUU! ¡☺!

Volviendo al tema, como habría sido muy DESAGRADABLE llamar a Chase y pedirle que me devolviera el viaje a París, hemos decidido que Brandon buscaría a alguien para que le sustituyera como tutor.

Que, la verdad, tampoco debería ser tan difícil.

Después de todo, MacKenzie habla francés, ¿no?!

¡Me ENCANTARÍA mandarla a otro continente para el resto del verano!

Ella y TIFFANY se merecen la una a la otra.

Además, i¿QUIÉN no querría ir con todos los gastos pagados a pasar el verano en la PRECIOSA, EMOCIONANTE, GLAMUROSA...

... PARÍS, la Ciudad de la Luz?!

Vale, de acuerdo, lo preguntaré OTRA VEZ: i¿QUIÉN no querría pasar el verano en PARÍS?!

¡¡YO!! ¡¿☺?! ¡LO SIENTO!

No puedo evitarlo...

¡¡SOY TAN PEDORRA!! ¡¡☺!!

¡DAISY Y YO, CON MI REGALO
DE CUMPLEAÑOS FAVORITO! ¡☺!

Rachel Renée Russell es la autora de la serie *Diario de Nikki*, que ocupa la primera posición de la lista de libros más vendidos del *New York Times*, y de la serie protagonizada por Max Crumbly.

Se han publicado más de 37 millones de sus libros en todo el mundo y se han traducido a 37 idiomas.

A Rachel le encanta trabajar con sus dos hijas, Erin y Nikki, que la ayudan a escribir e ilustrar sus libros.

El mensaje de Rachel es: "¡Y no os olvidéis de dejar asomar vuestro lado pedorro!".